Wir sind der Zweite aus Dreien

AF198735

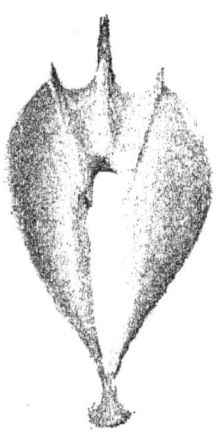

Für meine Tochter Chantal.

Die Wahrheit ist ein pfadloses Land …

(Jiddu Krishnamurti)

Reinhard Rudolf Boso

Wir sind der Zweite aus Dreien

Ein Apokryphon

Bei BoD von Reinhard Rudolf Boso außerdem lieferbar:

Blickkontakt, Wissenschaftsroman, © 2014
ISBN 9783735780713

Von sinkenden Schiffen, Eine Retrospektive, © 1992
Neuauflage 2014
ISBN: 9783735781611

Die Deutsche Nationalbibliothek verzeichnet diese Publika-
tion in der Deutschen Nationalbibliografie; detaillierte biblio-
grafische Daten sind im Internet über http://dnb.dnb.de
abrufbar.

© 2019 Reinhard Rudolf Boso (reinhard.boso@vol.at)

Herstellung und Verlag: BoD – Books on Demand, Nor-
derstedt

ISBN: 9783750417335

Da fragte ich den, der ich war
ob er wisse, wozu wir seien
und er erwiderte sorgsam:
Wir sind der Zweite aus Dreien.

Der Erste kam aus dem Feuer
der Dritte geht in das Licht
der Zweite im Zeichen der Schwäne
besitzt das zweite Gesicht.

Ihm offenbart sich der ferne Klang
ihm werden die Bilder zuteil.

(André Heller, Mir träumte)

So muss es nicht gewesen sein.
Die Dinge, die du in der Bibel liest –
sie müssen nicht so geschehen sein.
(Ira Gershwin, "It ain't necessarily so", 1935)

Prolog

Athanasius, der spätere Patriarch von Alexandria und große Kirchenvater, begleitete in seinen jungen Jahren den Bischof Alexander als Diakon zum Konzil von Nicäa. Als ihn Konstantin I., der das Konzil im Jahre 325 n.Ch. einberufen hatte, vor über dreihundert angereisten Bischöfen und Klerikern fragte, welche der überlieferten Schriften denn göttlichen Ursprungs seien, soll er kryptisch geantwortet haben:

> *Es gibt Geschichten, über welche wir völlige Gewissheit haben, wie den Vätern diejenigen meldeten, welche vom Anfange an Augenzeugen und Diener des Wortes waren. Und dann gibt es die sogenannten apokryphischen Bücher. Diese Geschichten sind erfunden, aber trotzdem sind sie wahr.*

Heute wissen wir, dass er sich damit in zweifacher Weise im Irrtum befand. Weder die kanonisierten Schriften des neuen Testaments noch die verbotenen Apokryphen geben etwas über den historischen Jesus preis. Alle Kernsätze, die über den historischen Jesus schriftlich überliefert wurden, sind nicht länger als das *Vater unser* in der Bergpredigt. Und diese nichtchristlichen antiken Quellen stellten sich mittlerweile allesamt als fragwürdig heraus, mit denen der historische Jesus jedenfalls nicht nachgewiesen werden kann. So sind nur sechs außerchristliche Erwähnungen von Jesus bekannt: Das zweifache Zeugnis des jüdischen Historikers Flavius Josephus, das Zeugnis des römischen Historikers Tacitus über den Brand von Rom und die neronische Christenverfolgung, der Bericht des römischen Statthalters Plinius d.J. in einem Brief an den Kaiser Trajan und dessen Antwort, zwei Stellen aus dem Werk des römischen Geschichtsschreiber Sueton, ein Brief des Syrers Mara bar Serapion an seinen Sohn Serapion und eine Passage aus dem verloren gegangenen und nur bei Julius Africanus und Georgius Synkellos in Auszügen erhaltenen Geschichtswerk des Thallus. Wie diese Schriften interpoliert, in späterer Zeit, insbesondere im Mittelalter, ergänzt und umgeschrieben wurden, hat Hermann Detering in seinem Buch *Falsche Zeugen, Außerchristliche Jesuszeugnisse auf dem Prüfstand, Alibri Verlag 2011,* eindrucksvoll geschildert und er hat anhand eines Beispiels erläutert, wie man den Fälschern auf die Schliche gekommen ist:

> *„Nehmen wir an, wir würden in einer Lutherhandschrift den Satz finden, Jesus habe die „Kids" gesegnet. Da würde sicherlich jeder fragen, wie es wohl mit der Echtheit dieser Handschrift bestellt sein mag. In den sogenannten außerchristlichen Zeugnissen finden sich oftmals Wörter und Ausdrücke, die nicht aus der Zeit stammen können, in der die Verfasser lebten, sondern aus einer späteren Epoche. Das zeigt, dass die originalen Texte der Verfasser offenbar christlich „überarbeitet" wurden."*

Jetzt könnte man meinen, bei dem Autor handelt es sich um einen atheistisch angehauchten Historiker – aber weit gefehlt, er ist promivierter Theologe und Pfarrer im Ruhestand. Es ist schon überraschend, dass sich ein Pfarrer damit beschäftigt, nachzuweisen, dass der historische Jesus nicht der Jesus aus der Bibel sein kann und vermutlich so nie gelebt hat. Und falls doch, dann muss etwas Unglaubliches passiert sein, dass sich daraus das Christentum entwickeln konnte und dass es sich so lange halten kann.

Die Beantwortung genau dieser Frage, wie es denn sein kann, dass sich das Christentum aus dem Nichts entwickeln und so mächtig werden konnte, hat mir meine Tochter für den Fall nahegelegt, dass es mir zu langweilig werden sollte, wenn sie für die nächsten Jahre nach Florenz zieht, um klassische Malerei zu studieren. Das vorliegende Werk zeugt somit vom Versuch, der Langeweile zu entfliehen. Manchmal denke ich mir, ob es vielleicht nicht besser gewesen wäre, mir einen anderen Zeitvertreib zu suchen.

Rückwirkend betrachtet werden beinahe alle Katastrophen durch eine Aneinanderreihung von unglücklichen Zufällen oder Umständen verursacht. Charly Chaplin hat nach einer Anekdote bei einem Doppelgängerwettbewerb zu Beginn des 20. Jahrhunderts nur den 3. Platz erreicht. Nicht auszudenken, wenn dies dem historischen Jesus passiert wäre. Wenn andere Autoren in einem Literaturwettbewerb für eine Anthologie die besseren Geschichten über das Leben und Sterben des Jesus von Nazareth geliefert hätten und das Manuskript des wahren Jesus nicht in der Bibel, sondern in den Apokryphen gelandet und erst zweitausend Jahre später entdeckt worden wäre…

Dieses Buch erzählt diese Geschichte – die Geschichte des historischen Jesus. Denn wenn das kanonisierte neue Testament heute einer forensischen operativen Fallanalyse unterzogen würde, wäre das Vorhandensein eines Zwillingsbruders oder einer Jesus ähnlich sehenden Person eine zwingende Schlussfolgerung zur Erklärung der biblischen Geschehnisse. Schützenhilfe käme auch noch aus unerwarteter Richtung, nämlich aus dem Koran, wo es in *Sure 4 Vers 157* über die Kreuzigung

Jesu heißt: … *doch ermordeten sie ihn nicht und kreuzigten ihn nicht, sondern einen ihm ähnlichen … und nicht töteten sie ihn in Wirklichkeit.* Oder die unzähligen Legenden, Jesus sei in seiner Jugendzeit in Indien gewesen und später auch dort gestorben würden dadurch erst einen Sinn ergeben, geschweige alle Verdächtigungen bezüglich Maria Magdalena, die ja seine Gefährtin war, würden zu einem logischen Gesamtbild führen.

Für dieses Buch habe ich mich daher durch sämtliche Bibelversionen gekämpft, alle apokryphen Evangelien studiert, Geschichtsbücher, theologische Abhandlungen und sogar verschiedene Verschwörungstheorien gelesen. Als roter Faden diente aber das Johannesevangelium, da es im Gegensatz zu den drei anderen synoptischen Evangelien eine innere Logik aufweist.

Und so beginnt und endet die wahre Geschichte des historischen Jesus von Nazareth mit den sibyllinischen Worten:

In tiefer, dunkler Nacht entzündete Jesus von Nazareth ein Licht.

In tiefer, dunkler Nacht entzündete Jesus von Nazareth ein Licht. Er glaubte, den typischen Gang seines Bruders Didymus Thomas an den Schritten im Kies des Vorgartens zu erkennen. Aber es rührte sich nichts und so ging Jesus zur Türe, um nachzuschauen, wo sein Bruder blieb. Er musste sich getäuscht haben, denn es befand sich niemand vor dem Haus, aber als der die Türe wieder schließen wollte, entdeckte er eine kleine Holzkiste am Rand des Türstocks, aus welcher einige Papyrusrollen herausstanden. Er nahm die Holzkiste mit, stellte die große Laterne auf den Esstisch und begann die Schriften im flackernden Licht der Öllampe zu lesen. Jesus war so vertieft, dass er nicht bemerkte, dass die ersten Sonnenstrahlen bereits den Raum erhellten und sich Maria von hinten näherte.

Was liest du da Jesus? fragte sie interessiert und schaute ihm über die Schulter.

Stell dir vor, heute Nacht hat mein Bruder Didymus eine Kiste mit diesen Papyrusrollen vor die Türe gestellt. Es ist unglaublich, was da geschrieben steht, fuhr Jesus aufgeregt fort. Ein Schreiber aus Rom, der sich Matthäus nennt, erzählt hier Geschichten über mein Leben von der Geburt bis zum Tod am Kreuz und von der Auferstehung, aber er ahnt nicht, was sich damals tatsächlich zugetragen hatte.

Maria umarmte Jesus mit großer Sorge und sprach: Jesus, du weißt, dass dein Zwillingsbruder Didymus Thomas vor über vierzig Jahren von den Gefolgsleuten des Pontius Pilatus irrtümlich gekreuzigt wurde und dass wir dann aus Israel flüchten mussten. Er kann in der Nacht keine Holzkiste vor die Türe gestellt haben. Ich weiß, dass er dich fast jede Nacht in deinen Träumen besucht, aber du musst endlich die wahre Geschichte erzählen, damit du wieder Ruhe finden kannst.

Maria löste sich aus der Umarmung, holte einige leere Papyrusblätter und eine Feder aus einem Schrank und legte die Schreibutensilien auf den großen Tisch.

So schrieb Jesus von Nazareth in den folgenden Tagen die wahre Geschichte seines Lebens nieder, aber es sollten noch fast zweitausend Jahre vergehen, bis diese Worte jene erreichten, für die sie geschrieben wurden – nämlich diejenigen, die einem der größten Irrtümer der Weltgeschichte aufgesessen sind.

***

Am frühen Morgen des 9. Mai im Jahre 367 n.Ch. traf im pachominaischen Kloster bei Seneset-Chenoboskion ein Bote aus dem nur unweit entfernten Kloster Tabennisi ein. Er reiste bereits viele Tage den Nil aufwärts, um in allen ägyptischen Klöstern den 39. Osterbrief des Athanasius vorzutragen. So versammelten sich umgehend nach seiner Ankunft alle Mönche in der großen Basilika und lauschten den Worten des ersten christlichen Klostergründers Bischof Athanasius:

... Nachdem es Viele versucht haben, die sogenannten apokryphischen Bücher für sich selbst zu ordnen und sie der vom göttlichen Geiste eingegebenen Schrift einzuverleiben, der Schrift, über welche wir völlige Gewißheit haben, wie den Vätern diejenigen meldeten, welche vom Anfange an Augenzeugen und Diener des Wortes waren; habe auch ich beschlossen, von aufrichtigen Brüdern aufgefordert und von oben belehrt, die Bücher der Reihe nach aufzuzählen, welche als göttliche im Canon verzeichnet, als solche überliefert und für solche gehalten worden

14

sind; damit ein Jeder, welcher verführt worden ist, seine Verführer verdamme, derjenige aber, welcher rein geblieben ist, wieder daran erinnert sich freue. Die Bücher des alten Testamentes sind also der Zahl nach im Ganzen zwei und zwanzig. Denn so viele Buchstaben sollen, wie ich gehört habe, die Hebräer haben. Der Ordnung und dem Namen nach aber sind sie im Einzelnen folgende: Erstens die Genesis, zweitens der Exodus, drittens der Leviticus ...

Aber auch die Bücher des neuen Testamentes aufzuzählen darf man nicht unterlassen. Diese sind nämlich: Vier Evangelien, nach Matthäus, nach Markus, nach Lukas, nach Johannes. Alsdann die Geschichte der Apostel, und die sogenannten sieben katholischen Briefe der Apostel, nämlich: Einer von Jakobus, zwei von Petrus, dann drei von Johannes, und ferner Einer von Judas ...

Dieses sind die Quellen des Heiles, welche den Dürstenden mit ihren Worten erfüllen; in diesen allein wird die Lehre der Frömmigkeit verkündet. Niemand darf diesen etwas beifügen, und Niemand von diesen etwas wegnehmen ...

Und doch, Geliebte, obwohl jene in den Canon aufgenommen sind, und diese gelesen werden, wird nirgends der apokryphischen Bücher gedacht; sondern diese sind eine Erdichtung der Ketzer, welche nach Belieben Bücher schreiben und denselben auch Zeiten zuschreiben und beilegen, damit sie unter dem Vorwande des Alters derselben Gelegenheit haben, die Unbehutsamen hiedurch zu hintergehen.

Die bischöflichen Anordnungen im Osterbrief des Athanasius trafen den Abt des pachominaischen Klosters Seneset-Chenoboskion völlig unerwartet, bedeuteten sie doch, dass der Besitz von apokryphen Schriften illegitim wurde. Und der Abt wusste nur zu gut, dass Athanasius ein Kenner dieser Schriften ist, besuchte er doch gleich nach seiner Wahl zum Bischof von Alexandria vor über dreißig Jahren sein Kloster und verbrachte zwei Wochen mit dem Studium der apokryphen Codices, die in einem geheimen Raum in der Klosterbibliothek aufbewahrt wurden. Sein Kloster war nämlich im Besitz der größten Sammlung apokrypher Schriften im Osten und Westen des römischen Reiches.

Da diese Schriften nicht nur aus häresiologischen Interessen benutzt wurden, um gegen gnostische Gruppen wirkungsvoll vorzugehen, sondern auch mit großem Interesse von vielen Mönchen gelesen wurden – begann doch das XIII. Buch mit den Worten: *Dies sind die eigenhändig geschriebenen Worte des Jesus von Nazareth* – beschloss der Abt, diese Schriften nicht zu vernichten. Vielleicht, so dachte er hoffnungsvoll, werden sie eines Tages doch noch in den biblischen Kanon aufgenommen, obwohl sie ein gänzlich anderes Bild von Jesus zeigten.

Spät in der Nacht holte er die dreizehn kunstvoll in Leder eingebundenen Bücher aus der Klosterbibliothek, packte sie in einen Tonkrug und schlich sich aus dem Kloster. Nach einem zweistündigen Fußmarsch versteckte er den Tonkrug in einer Aushöhlung einer Kalksteinklippe und kehrte erschöpft aber erleichtert in der ersten Morgendämmerung ins Kloster zurück.

***

Muhammend Ali Samman machte sich im Dezember des Jahres 1.945 n.Ch. mit seinem Bruder am Fuß des Jabal al-Tarif Felshanges in Oberägypten auf die Suche nach Sabakh, eines natürlichen Weichdüngers, der aus dem Schlamm der jährlichen Nilüberflutung besteht und mühsam ausgegraben werden musste. Die Fellachen stießen dabei – wie Muhammend Ali dreißig Jahre später erzählte – auf einen roten Tonkrug. Die Hoffnung, dass sich in diesem Tonkrug Gold befinden könnte war wohl stärker als die Angst, sie würden beim

Zerschlagen des Kruges einen Geist freisetzen und so zertrümmerte Muhammend Ali den Tonkrug nach kurzem Zögern mit seiner Axt. Es waren aber weder ein Geist noch Gold im Tonkrug, sondern Muhammend Ali entdeckte dreizehn in Leder gebundene Bücher und einige lose Papyrusblätter, die er nach seiner Rückkehr in die Stadt Nag Hammadi neben dem Ofen lagerte. Seine Mutter gab später zu, den Großteil der Papyri zum Anfeuern verbrannt zu haben. Das weitere Schicksal dieser als *Nag Hammadi Schriften* bezeichneten Bücher könnte niemand erfinden, denn so viel Fantasie würde man nicht einmal dem besten orientalischen Geschichtenerzähler aus tausend und einer Nacht abnehmen. Jedenfalls endeten alle Intrigen und Betrügereien damit, dass alle dreizehn Bücher nach vielen Jahren den Weg in das koptische Museum in Kairo fanden.

Was aber meistens verschwiegen wird, ist der Umstand, dass der Kodex XIII größtenteils aus Ägypten nach Amerika herausgeschmuggelt und dort zum Verkauf angeboten wurde. Als der Utrechter Religionsprofessor Gilles Quispel davon erfuhr, drängte er die Gustav-Jung-Stiftung in Zürich zum Ankauf dieses Kodex, um das Werk Carl Gustav Jung zum Geburtstag zu schenken.

Nach dem geglückten Deal musste er aber leider feststellen, dass einige Seiten des Kodex XIII fehlten, was aber die Bedeutung des erworbenen Werkes keineswegs schmälerte, übersetzte er doch die ersten Worte des *Thomasevangeliums* wie folgt: *Dies sind die geheimen Worte, die der lebendige Jesus sprach und der Zwillingsbruder Judas Thomas aufgeschrieben hat …*

Das *Evangelium des Philippus* erstaunte noch mehr, als da zu lesen war: ... *die Gefährtin des Erlösers ist Maria Magdalena. Aber Christus liebte sie mehr als alle Jünger und küßte sie oftmals auf ihren Mund. Die anderen Jünger waren gekränkt. Sie sagten zu ihm: Warum liebst du sie mehr als uns alle? Der Erlöser antwortete und sagte zu ihnen: Warum liebe ich euch nicht wie ich sie liebe?*

Es drängte sich die Vermutung auf, dass die fehlenden Seiten des Kodex XIII noch unglaublichere Geheimnisse beinhalten könnten, aber sie blieben verschollen, bis zu jenem Tag im März des Jahres 2.016 n.Ch., als ein gewisser Herr A. Jannsens beim Auktionshaus Sotheby's in Genf vorsprach und behauptete, er sei nach einer Verlassenschaft seines verstorbenen Onkels Besitzer einer Schachtel mit 23 Papyrusblättern, welche in einem Bankschließfach in Genf aufbewahrt wurden. Auf der Schachtel habe sein Onkel handschriftlich vermerkt, dass es sich um Teile des Kodex XIII der Nag Hammadi Schriften handle.

***

Die zweifelhafte Provenienz der Papyrusblätter – Nachlass eines verstorbenen Onkels – erinnerte zu sehr an den erst kürzlich gerichtlich verhandelten Fall eines deutschen Kunstfälschers, der es geschafft hatte, unter anderem mit raffiniert konzipierten Provenienzgeschichten nicht nur das Mutterhaus in London, sondern den gesamten Kunstmarkt über 30 Jahre zu täuschen.

Daher ordnete das Auktionshaus Sotheby's in Genf umgehend ein umfassendes forensisches Gutachten zur Überprüfung der vorgelegten Schriftstücke an. Einerseits sollten mit modernster Technik physikalisch-technische Untersuchungen durchgeführt werden, wie die UV-angeregte Lumineszenzprüfung, mit der sich Oberflächenveränderungen nachweisen lassen, welche durch mechanische oder chemische Eingriffe hervorgerufen wurden oder die Infrarot-Absorptions-Transmissionsprüfung, mit der sich Materialunterschiede in Schrifteinfärbemittel nachweisen lassen. Andererseits wurden zwei Spezialisten des koptischen Museums aus Kairo eingeladen, einen schriftvergleichenden Befund mit den Originalhandschriften der Nag-Hammadi Schriften zu erstellen und gemeinsam mit den physikalisch-technischen Sachverständigen aufgrund der Größe, der Zusammensetzung und des Alters der Papyrusblätter eine Befundbewertung abzugeben, mit welcher Wahrscheinlichkeit es sich bei diesen Schriftstücken um die fehlenden Seiten des Kodex XIII der Nag-Hammadi Schriften handeln könnte.

Gleichzeitig beauftragte das Auktionshaus das ägyptische Museum Berlin mit der Übersetzung der Papyrustexte. Alleine die Überschrift versetzte die Philologen in Erstaunen, übersetzen sie doch die ersten Worte mit: *Dies sind die eigenhändig geschriebenen Worte des Jesus von Nazareth in Gedenken an seinen Zwillingsbruder Didymus Thomas, der versehentlich von den Gefolgsleuten des Pontius Pilatus gefangen worden war und gekreuzigt wurde.* Misstrauisch über den seltsamen Inhalt suchten sie in verschiedenen Datenbanken, mit denen Historiker oder Theologen Zugang zu sämtlichen lateinischen, altgriechischen oder altägyptischen Übersetzungen haben, nach möglichen Übereinstimmungen mit anderen, bereits übersetzten historischen Urkunden. Dies war deshalb angebracht, weil im Jahr 1.896 n.Ch. ein deutscher Ägyptologe in Kairo ein koptisches Manuskript erworben hatte, das neben dem *Evangelium der Maria Magdalena* noch drei weitere Texte enthielt. Das *Apokryphon des Johannes* – einer der drei Texte – wurde nämlich fünfzig Jahre später in drei Versionen in den Nag Hammadi Schriften entdeckt.

Nach unzähligen Fehlversuchen meldete eine Suchmaschine tatsächlich einen Treffer: 4Q490. Die ägyptischen Philologen wussten sofort, worum es sich handelte. Es war die typische Zitierweise der Qumranschriften, die zwischen 1.947 und 1.956 n.ch. in elf Felshöhlen nahe der Ruinenstätte Khirbet Qumran in Israel gefunden wurden. Es handelt sich um eine der ältesten Bibelhandschriftensammlungen, die zwischen 250 v.Ch. und 70 n.Ch. verfasst wurden. 4Q490 bedeutet, dass es sich um den Text Nr. 490 aus der Qumranhöhle Nr. 4 handelt.

Die Details zu diesem Text ließen aber sogar ansonsten nüchterne Historiker erschaudern: Period: Herodian, Material: Papyrus, Script: Square, Manuskript Type: Unidentifed Texts, Language: Aramaic. Es war kaum zu glauben, aber das Textfragment 4Q490 stammte aus der Zeit Jesu, war auf einem Papyrusblatt geschrieben, konnte bisher noch nicht zugeordnet werden, wurde in aramäischer Sprache – also der Muttersprache Jesu – verfasst und stimmte mit der koptischen Übersetzung aus den Nag Hammadi Schriften überein. Es bestand kein Zweifel mehr – mit 99,9%iger Sicherheit wurden die untersuchten Manuskripte in einer abschließenden Befundbewertung als authentisch bestätigt. Die fehlenden Seiten des Kodex XIII der Nag Hammadi Schriften können daher erstmals seit Jahrtausenden in einer den modernen Lesegewohnheiten angepassten Erzähl-Version präsentiert werden:

Wir sind der Zweite aus Dreien

Dies sind die eigenhändig geschriebenen Worte des Jesus von Nazareth in Gedenken an seinen Zwillingsbruder Didymus Thomas, der versehentlich von den Gefolgsleuten des Pontius Pilatus gefangen worden war und gekreuzigt wurde.

Im Jahre 823 seit der Gründung Roms, als die Römer Jerusalem eroberten und den Tempel zerstörten, berichtete ein Schreiber aus Rom vom Leben, Tod und von der Auferstehung des Jesus von Nazareth. Diesen Erzählungen lag jedoch ein großer Irrtum zu Grunde, denn – wie der Leser dieser Zeilen erkennen wird – lebte Jesus von Nazareth über vierzig Jahre nach dem vermeintlichen Tod am Kreuz nach wie vor und dies, ohne von den Toten auferstanden zu sein.

In jener Nacht, als Jesus die erstaunlichen Berichte über sein Leben gelesen hatte, hatte er einen seltsamen Traum:

Rom war nicht mehr Zentrum des römischen Reiches, sondern Zentrum einer Glaubensgemeinschaft, die sich auf das Leben und Wirken des Jesus von Nazareth berief. Dabei übernahm diese Glaubensgemeinschaft die Hierarchie des Imperiums und dem Kaiser gleich regierte ein religiöser Führer samt seinen Untertanen ein weltumspannendes Reich. Diese Regierung würde Jahrtausende herrschen, Kriege führen, Heiden, Juden und Ketzer verfolgen und töten und unglaubliche Reichtümer ansammeln und das alles nur, weil ein Schreiber falsches Zeugnis über das Leben des Jesus von Nazareth abgelegt hatte...

Am nächsten Morgen erzählte er diesen furchtbaren Albtraum Maria und diese sprach mit einer großen Ernsthaftigkeit, die Jesus noch nie zuvor an ihr wahrgenommen hatte:

Dieser Traum sei dir Bogen und Pfeil! Bezeuge endlich deine wahre Lebensgeschichte, damit sich diese Visionen nie erfüllen mögen!

Ω

Alles begann mit der Geburt. Josef und Maria, die Eltern Jesu, lebten in der Stadt Nazareth in Galiläa, welche sie ihr ganzes Leben lang nie verließen. Da aber die Menschen nach einigen unheimlichen Begebenheiten Jesus für den Messias hielten, welcher in den alten Schriften angekündigt wurde, mussten sich die Weissagungen über seine Geburt erfüllen.

Sprach doch der Prophet Micha im fünften Buch: *Und du, Betlehem Efrata, aus dir soll mir der kommen, der in Israel Herr sei...* So verlegte der Schreiber den Geburtsort nach Bethlehem in die Zeit des Königs Herodes. Da aber der Prophet Hosea im elften Buch auch prophezeite: *Als Israel jung war, hatte ich ihn lieb und rief ihn, meinen Sohn, aus Ägypten...* erfand der Schreiber die Geschichte vom Kindermörder Herodes und ließ Maria, Josef und Jesus nach Ägypten fliehen. Nachdem Jesu Geburt vom Schreiber in die Davidstadt Betlehem verlegt worden war, wurde gleichsam Josephs Stammbaum im Sinne der Bücher Mose von der Abstammung vom Stamm Juda über die Vorfahren Jakobs, Isaaks bis zu Abraham angepasst, denn der Messias sollte doch nach alter Überlieferung aus dem Hause Davids abstammen.

Alle diese Geschichten, die sich um die Geburt Jesu ranken, sind nie geschehen. Sie dienten dem Schreiber aus Rom einzig und allein dem Zweck, die Menschheit glauben zu lassen, die Weissagungen der alten Propheten seien erfüllt worden. Weder wurde Jesus von einer Jungfrau geboren – wie Jesaja im siebten Buch prophezeit hatte – noch kamen Magier aus dem Morgenland, die einem Stern nach Betlehem gefolgt waren.

Ω

Jesus wurde wahrhaftig im Jahr 751 nach der Gründung Roms in Nazareth, einer kleinen Ortschaft im Norden Israels, die gerade einmal 200 Einwohner zählte, geboren. Allerdings erblickte nur wenige Minuten nach der Geburt sein Zwillingsbruder das Licht der Welt. Da er Jesus im Aussehen glich, wurde er Didymus Thomas Judas genannt, aber nur Didymus gerufen, was so viel wie Zwilling bedeutete. Die Zwillingsbrüder verbrachten mit ihren Brüdern Jakobus, Joses und Simon und den Schwestern Maria und Salome eine unbekümmerte Kindheit und Jugendzeit im elterlichen Haus. Beide erlernten das Handwerk des Zimmermanns im väterlichen Handwerkerbetrieb. Aber dann, im Alter von 16 Jahren sollte sich über Nacht alles ändern.

Eine Handelskarawane machte Station in Nazareth. Voller Neugier lauschten Jesus und Didymus abends am Feuer was Kaufleute, Abenteurer, Wunderheiler und Prediger an Erfahrungen und Prophezeiungen zu berichten hatten. Sie erfuhren, dass die Reise vor einigen Tagen in Jerusalem begonnen hatte und sie nach vielen Monaten über Damaskus, Herat und Taxila nach Srinagar ins nordindische Kaschmir führen wird. Dort war eine große jüdische Siedlung entstanden, nachdem zehn der zwölf Stämme Israels von Mesopotamien, Persien bis über den Hindukusch nach Indien verstreut worden waren, erklärte ein Prediger und fuhr fort: In naher Zeit wird der Messias kommen und diese verlorenen Schafe wieder nach Israel zurückführen!

Als Jesus und Didymus sich diese abenteuerliche Reise beim Rückweg bildhaft vorstellten und schweigend nebeneinander den dunklen Weg nach Hause schritten, blieb Didymus plötzlich stehen und sprach: Ich schließe mich der Karawane an, denn ich will die verlorenen Stämme Israels finden! Ich werde meinen Vater bitten, den mir zustehenden Teil des Vermögens auszuhändigen! Was sprichst du da, entgegnete Jesus erschrocken, du kannst dich doch nicht diesen fremden Leuten anschließen und mit ihnen eine Reise nach Indien unternehmen. Unser Vater würde dich niemals alleine ziehen lassen. Didymus ging schweigend weiter und sprach kein Wort mehr über sein Ansinnen.

Am nächsten Morgen war Didymus' Schlafstelle leer und Jesus rannte sofort zum großen Platz, an dem die Karawane letzte Nacht Station machte, denn er ahnte, was geschehen war. Der Platz war menschenleer - die Karawane war bereits weitergezogen. Jesus setzte sich neben dem Dorfbrunnen auf einen großen Stein und weinte. Als er die Tränen, die auf den Stein getropft waren, mit seinen Füßen wegwischte, sah er, dass etwas im staubigen Boden glänzte. Gleichsam freudig und traurig förderte er ein Medaillon aus dem sandigen Boden zu Tage – ein Medaillon, das sowohl er als auch sein Zwillingsbruder Didymus als Zeichen der Verbundenheit seit der Geburt um den Hals trugen. Es war die

Hälfte einer honiggelben Bernsteinsonne, die einst eins war und die ihr Vater Joseph in der Mitte in zwei gleiche Teile trennte. Er hängte das Medaillon zu seinem an das lederne Halsband, hielt die Schnittränder zusammen und betrachtete das erste Mal die ganze glänzende Sonne. Mit der Ahnung, mit seinen Zwillingsbruder nie wieder vereint sein zu können wie diese zwei Medaillonhälften, ging Jesus traurig zum Hause seines Vaters Joseph zurück, denn wieso sonst – dachte sich Jesus - sollte sich Didymus von seiner Vergangenheit befreien und das Medaillon in Nazareth zurückgelassen haben. Seit dem Tag, als Joseph sah, dass Jesus mit beiden Medaillonhälften um den Hals zurückkehrte, konnte niemand mehr seine tiefe Traurigkeit flankieren.

Fortan rannte Jesus jedes Jahr nach der Sommersonnenwende auf einen kleinen Hügel im Osten Nazareths, wenn sich die Kunde verbreitete, dass sich die Handelskarawane aus dem fernen Indien dem Dorf näherte. Er wollte der Erste sein, der die große Staubwolke am Horizont erblicken sollte. Jesus lief dann der Karawane in der Hoffnung entgegen, dass Didymus endlich zurückkehren werde.

So verging Jahr um Jahr, aber Didymus war nie unter den Reisenden – schlimmer noch, niemand konnte ihm mit Sicherheit sagen, wo sich Didymus aufhielt oder ob er überhaupt noch lebte. Nachdem über zehn Jahre ergebnislos verstrichen waren, schwand auch Jesu Hoffnung, seinen Bruder je wiederzusehen.

Ω

Da sich Jesus bereits dem dreißigsten Lebensjahr näherte, bereitete er sich nach mehrfachen Ermahnungen des örtlichen Rabbiners im Sinne der jüdischen Tradition auf die Hochzeit mit Maria, die aus dem Dorf Magdala am Westufer des Sees Genezareth stammte, vor. Maria war die jüngste Tochter einer phönizischen Handelsfamilie, die er während einer Dachreparatur im elterlichen Wohnhaus in Magdala kennenlernte. So reiste er eines Tages frühmorgens in das nur wenige Stunden von Nazareth entfernte Magdala, um die Details der Hochzeitszeremonie zu besprechen. Aber als sich Jesus und Maria am späten Nachmittag wieder dem elterlichen Haus in Nazareth näherten, erschraken sie, denn irgendetwas Außergewöhnliches musste während der Abwesenheit geschehen sein. Beinahe das ganze Dorf drängte sich um Jesu Elternhaus.

Jesus rief einen Bekannten herbei, der gerade mit einem Pferdefuhrwerk auf sie zutrabte, und fragte Ihn, was das alles zu bedeuten habe. Der aber sprach zu ihm: Dein Bruder Didymus ist zurückgekommen und dein Vater hat mich geschickt, ein Mastkalb schlachten zu lassen und Wein und Brot zu holen, um ein Fest zu feiern, weil er gesund erhalten zurückgekehrt ist. Voller Freude hat er ausgerufen: Mein Sohn war tot und lebt wieder, er war verloren und wurde gefunden!

Die Freude über die Rückkehr seines Bruders wurde aber durch den überschwänglichen Empfang getrübt und als er beim Haus angekommen war, kam gerade sein Vater heraus und Jesus sprach zu ihm: Siehe Vater, so viele Jahre diene ich dir und habe niemals ein Gebot von dir übertreten, und nie hast du mir nur einen Ziegenbock gegeben, damit ich mit meinen Freunden feiern kann. Als aber mein Bruder Didymus über Nacht das elterliche Haus mit seinem Erbteil verließ und nun nach über zehn Jahren zurückkehrt, lässt du ein Mastkalb schlachten und richtest ein großes Fest aus. Joseph aber sprach zu ihm: Jesus, du bist immer bei mir und alles, was mein ist, ist dein. Man muss aber feiern und sich freuen, denn dein Bruder war tot und lebt wieder, war verloren und wurde gefunden!

Jesus begrüßte seinen Zwillingsbruder Didymus nur kurz und zog sich dann in seine Kammer zurück. Erst spät abends, als sämtliche Dorfbewohner das Haus verlassen hatten, setzte er sich gemeinsam mit Maria und den anderen Familienmitgliedern an die Feuerstelle im Garten, um den Reiseerzählungen Didymus' zu lauschen.

Didymus wollte seine Zuhörer nicht mit allerlei ausgeschmückten Reiseerlebnissen unterhalten, sondern begann seinen Bericht in der nordindischen Stadt Suridschanagar, was so viel wie Sonnenstadt bedeutet. Dorthin war er einem buddhistischen Mönch gefolgt, den er auf der Reise kennenlernte und der ihm in den folgenden Jahren Buddhas Weisheiten lehren sollte.

Buddha, so fuhr Didymus fort, wurde vor über 500 Jahren unter dem Namen Siddharta Gautama als Prinz in Indien geboren und verließ im 30sten Lebensjahr das abgeschirmte Luxusleben im Palast. Er sah die Menschen hungernd, hilflos, krank und sterbend und suchte nach den Ursachen für all dieses Leid. Buddha, oder wie ihn seine Anhänger auch nannten, der Erleuchtete, beschrieb mit seinen vier edlen Wahrheiten den Weg aus dem Leiden. Als erstes stellte er fest, dass alles Leben leiden sei und nannte als Ursache für dieses Leiden das Begehren. Mit dem Aufhören des Begehrens sei somit auch das Leiden beendet. Das Ende des Leids durch die Überwindung des Begehrens sei durch die Beschreitung des achtfältigen Pfades möglich.

Wo und wie beginnt dieser Pfad? unterbrach ihn Jesus, und wie kann das Leiden auf der Erde dadurch beendet werden? wollte er wissen.

Der edle achtfache Pfad hat keinen Anfang und kein Ende, versuchte Didymus zu erklären und er freute sich, dass sich Jesus für seine Ausführungen interessierte.

Die Anwendung und Umsetzung folgt nicht einem vorgegebenen Pfad, sondern unter gleichzeitiger Übung all seiner Glieder, die da wären im Bereich des Wissens und der Weisheit die rechte Einsicht und rechte Gesinnung, im Bereich des ethisches Handels die rechte Rede, das rechte Handeln und der rechte Lebensunterhalt und im Bereich der Meditation das rechte Streben, die rechte Achtsamkeit und die rechte Konzentration.

Steht nicht in den alten Büchern geschrieben, dass die Erlösung von Leid und Sünde nur durch Gott gewährt werden kann? Ich kann bei Buddhas Lehre keinen Gott erkennen! unterbrach ihn Jesus wiederum.

Jesus, du hast recht, bestätigte Didymus Jesu Feststellung, Buddha lehnt die Existenz eines unsterblichen und allmächtigen Gottes ab. Sein Weg zur Erlösung ist zu erkennen, wie bedeutungslos das irdische Leben ist und dass alles nur Schein ist.

Ist nicht das Wesen allen Seins die Liebe und nicht das Leid? stellte Jesus in den Raum und seine Verlobte Maria von Magdala, sein Vater Josef und seine Mutter Maria und all die anderen um die Feuerstelle versammelten Familienmitglieder verstummten und staunten über Jesu Worte.

Das Leben auf der Erde ist doch nicht bedeutungslos – es hat doch einen Wert, fuhr Jesus fort, die von Gott geschaffene Welt ist lebens- und liebenswert – von dieser Welt wird schon im Buche Mose geschrieben, dass sie gut sei! Hat Gott nicht den Menschen nach seinem Bilde als Person geschaffen und nicht nur ein durch den Geist zusammengehaltenes Gebilde, das sich ohne Identität wieder auflöst. Jeder Mensch hat eine Würde und einen Wert. Falls es keinen Gott gibt – wäre dann nicht alles erlaubt?

Didymus versuchte die aufgeheizte Stimmung zu beruhigen und erwiderte Jesus: Im zweiten Buch Mose sind doch auch die zehn Gebote niedergeschrieben, die Moses am Berg Sinai von Gott erfahren hatte, die da sind: Du sollst nicht töten, nicht stehlen, den Namen des Herrn, deines Gottes, nicht missachten, kein falsches Zeugnis reden, keine anderen Göttern neben mir haben, deinen Vater und deine Mutter ehren, dir kein Bildnis machen, nicht ehebrechen, den Sabbattag ehren und nicht gelüsten, was dein Nächster hat.

Siehe Jesus, in den alten buddhistischen Schriften steht ebenfalls geschrieben:

Ein Jünger des Erleuchteten tötet nicht, nimmt nicht, was nicht freiwillig gegeben ist, missbraucht die Sinne nicht, redet nicht irreführend, vergiftet weder Körper noch Geist, ist nicht nachtragend, lobt sich nicht auf Kosten anderer, hortet weder Dinge noch Lehren, ist nicht verbittert und missachtet nicht die drei Juwelen, womit das Bekenntnis des Glaubens gemeint ist.

Im Buddhismus ist das Zusammenleben somit durch beinahe die gleichen Gebote geregelt wie im Judentum - dafür braucht es keinen Gott! Gleichfalls entsprechen Tugenden wie Demut, Geduld, Keuschheit, Wohlwollen, Nächstenliebe und Fleiß und sind Hochmut, Geiz, Stolz und Zorn auch im Buddhismus verpönt.

Jesus wollte Didymus auf die Probe stellen und fragte, wohin die Menschen nach dem Tod im Buddhismus denn gehen, wenn es doch nach dieser Lehre keinen Gott gebe, zu dem sie heimkehren können?

Didymus - von Jesus zur Schau gestellt - versuchte zu erklären, dass man im Buddhismus immer wieder in neuen Daseinsformen geboren werde und es davon abhänge, ob man Gutes oder Schlechtes getan habe, in welcher Lebensform man wiedergeboren werde. Schlussendlich sei das Ziel im Nirwana – dem Ende des Wiedergeburtenzyklus.

Und an diese Lehre glaubst du wirklich, Didymus? fragte Jesus misstrauisch, ging kopfschüttelnd in seine Kammer zurück und legte sich nieder.

Ω

Jesus! Wer ruft nach mir? schreckte Jesus aus seinem tiefen Schlaf auf und er spürte das Blut bis zu den Schläfen hämmern. Wer ruft nach mir? fragte Jesus ein zweites Mal, nachdem ihm niemand antwortete. Jesus wollte gerade aufstehen und zur Türe gehen, als er eine Stimme aus dem Dunkeln des Raumes hörte: Jesus, habe keine Angst! Ich bin es – dein Vater!

Jesus sprach erleichtert: Mein Vater Josef, du hast mich aber erschreckt – Was ist geschehen?

Ich bin nicht Josef, antwortete der Unbekannte, ich bin dein Vater.

Mein Vater? Ich bin der Sohn Josefs aus Nazareth! wollte Jesus klarstellen und im selben Augenblick, als er dies sagte, traf es ihn wie einen Blitz und er stammelte kaum hörbar vor sich hin: Du bist mein Vater? Der Vater? Gott, der Allmächtige?

Jesus wartete auf eine Bestätigung seiner Vermutung, aber es rührte sich nichts. Nach einigen Augenblicken des Schweigens sprach die Stimme weiter:

Jesus höre! Schon der Prophet Jesaja hat die Israeliten darauf vorbereitet, dass eines Tages der Messias auf der Erde erscheinen werde. Er wird alle Juden zusammenführen und ein Reich der Gerechtigkeit und Freiheit herbeiführen. Aber zugleich wird er auch der Versöhner zwischen Gott und den Menschen und der Erlöser der ganzen Welt sein.

Jesus – du sollst mein leidenschaftlich ergriffener Gesandter sein und als Wegweiser aus prophetischem Geist den Menschen lehren, sich am heilvollen Willen Gottes zu orientieren. Sei Zeugnis deines unerschütterlichen Glaubens bis zum Tod und mache Gottes Wille begreifbar, sichtbar und erlebbar. Verkünde eine persönlich anteilnehmende Liebe, die alle Leidenden, Unterdrückten, Kranken, Schuldiggewordenen und Feinde einschließt! Und eines noch: Zweifle nie an mir, denn ich werde immer bei dir sein!

Vater! Höre bitte auf mich! Bin es wirklich Ich, den du rufst? Ich bin doch nicht der Messias! Ich bin der Sohn des Zimmermanns Josef aus Nazareth! Niemals kann ich Dir und den Propheten gerecht werden! flehte Jesus vergeblich, denn aus dem Dunkeln des Zimmers kam keine Antwort mehr. Er legte sich verzweifelt wieder nieder und schlief weiter.

Ω

Jesus! Wieder schreckte Jesus auf, aber dieses Mal hörte er Maria, seine Verlobte, nach ihm rufen. Jesus stand sofort auf, ging in die Küche und sprach aufgeregt zu Maria:

Maria, heute Nacht hat mich Gott, der Vater, der Allmächtige, besucht und mir verkündet, dass ich der lang erwartete Messias sei und in die Welt ziehen soll, um die Menschheit zu erlösen!

Maria drehte sich erschrocken und ganz blass im Gesicht um und Jesus glaubte, sie wolle ihn umarmen, aber sie schüttelte ihn heftig: Bist du verrückt geworden Jesus? Dir hat wohl das gestrige Gespräch mit Didymus nicht gut getan und du hattest einen bösen Albtraum – hör auf mit diesem Geschwätz von Messias und Weltrettung. Hast du vergessen, dass wir demnächst heiraten und eine Familie gründen wollen?

Dann zog sie Jesus am Ärmel zu seiner Kammer, öffnete die Türe und sagte voller Zorn: Wo ist dein Gott – zeig ihn mir! Ich war die ganze Nacht vor deiner Kammer – aber glaube mir, da ist niemand hineingegangen oder herausgekommen! Willst du auch am Kreuz enden, wie die hunderten selbst ernannten Messiasse aus allen Regionen Israels, die der römische Stadthalter heuer bereits kreuzigen ließ?

Jesus aber ließ sich nicht beirren, ging in seine Kammer zurück, packte seinen Reisesack und wollte das Haus verlassen. Maria versperrte ihm den Weg und fragte Jesus: Wohin gehst du?

Ich gehe zum Fluss Jordan. Dort sagt man, erwarte Johannes der Täufer den Messias und ich will sehen, ob er mich erkennen wird. Wenn er nicht den Messias in mir erblickt, kehre ich zurück und wir werden heiraten. Sollte aber Johannes der Täufer mich als Messias ansprechen, dann werde ich meine Mission erfüllen.

Jesus, du bist verwirrt, aber warte einen Augenblick, ich packe meine Sachen und ich werde dich zum Fluss Jordan begleiten und alles soll so geschehen, wie du gesagt hast, sprach Maria.

Ω

Sie machten sich sogleich auf nach Pella, das am östlichen Ufer des Jordans liegt, übernachteten dort und trafen am nächsten Tag an der Stelle am Fluss Jordan ein, an der Johannes taufte.

Jesus und Maria blickten auf die endlos scheinende Menschenmenge von Bußfertigen herab, die an das kommende Königreich glaubten, welches Johannes verkündete und die sich von ihm taufen lassen wollten. Jesus und Maria schlossen sich der Menschenschlange an und warteten geduldig, bis sie an der Reihe waren.

Johannes war von der großen Anzahl an Bekehrten so in Anspruch genommen, dass er nicht aufschaute, um zu sehen, wer gerade getauft werden wollte. Als aber Jesus an der Reihe war, hielt er kurz inne, schaute zu Jesus empor und fragte ihn:

Warum kommst du zu mir ins Wasser herunter?

Jesus antwortete: Ich will mich deiner Taufe unterziehen!

Johannes aber kniete vor Jesus im Wasser nieder und erwiderte: Mir tut Not, von dir getauft zu werden, Herr!

Maria, die nur einen Fuß hinter Jesus stand und das Gespräch zwischen Johannes und Jesus mitgehört hatte, drängte sich vor und sprach: Johannes! Was redest du da? Das ist Jesus von Nazareth, Sohn des Zimmermanns Josef und der Maria und mein Verlobter. Wieso willst du von ihm getauft werden?

Johannes aber stand auf, öffnete seine Arme gegen den Himmel und rief den Wartenden und bereits Getauften an den Ufern des Jordans mit lauter Stimme zu:

Sieht her! Die Zeit ist gekommen! Dies ist der Gesandte Gottes, des Allmächtigen! Jesus von Nazareth! Der Messias!

Es dauerte einige Augenblicke, bis die Botschaft die Letzten an den Ufern des Jordans erreicht hatte, aber dann fielen alle auf den Boden und dankten Gott für die Einlösung seines Versprechens, den Messias zu senden.

Nachdem Johannes Jesus getauft hatte, stieg Jesus schweigend aus dem Wasser, verabschiedete sich von Johannes und ging Richtung der Berge im Osten. Maria, von der soeben erlebten Szene völlig überrumpelt, eilte Jesus hinterher und holte ihn erst nach einiger Zeit wieder ein.

Sie gingen einige Schritte schweigend neben einander her bis Jesus das unerträgliche Schweigen brach und sprach:

Maria, deine Augen können Zeugnis über das Geschehene ablegen. Ich habe Johannes noch niemals in meinem Leben gesehen und er wusste nicht, wer ich war und dass ich kommen werde, aber er hat sofort den Messias in mir erblickt! Du hast doch vor der Abreise gesagt: Alles geschehe, so wie du gesagt hast! Es tut mir Leid, aber ich muss meine Mission erfüllen, so wie es mir mein Vater, der Allmächtige, aufgetragen hat!

Jesus und Maria gingen wieder schweigend einige Schritte neben einander weiter bis Maria plötzlich stehen blieb und sprach:

Jesus, ich habe dir versprochen, immer bei dir zu bleiben. Ganz gleich, was da gerade passiert – ich werde dich begleiten, wohin dein Weg uns auch führen mag.

Ω

Am übernächsten Tag fand eine Hochzeit in Kana in Galiläa statt. Zur Hochzeit eingeladen waren auch Jesus und Maria. Als der Wein ausgegangen war, kam der Küchenchef zu Jesus, da sich die Kunde verbreitet hatte, Jesus sei der Messias und könne Wunder wirken, und er sagte zu ihm: Sie haben keinen Wein mehr!

Jesus aber sagte: Was haben wir miteinander zu tun, meine Zeit ist noch nicht gekommen. Wahrlich ist sage euch:

Der Buchstabe der Schrift allein ist lediglich Wasser, das erst im geistlichen Verständnis in Wein verwandelt wird, er ist Stein, der erst zu Brot werden muss und er ist nur der Baum der Erkenntnis von Gut und Böse. Erst im geistlichen Verständnis wird die Schrift zum Baum des Lebens. Also füllt die Wasserkrüge mit Wasser und ihr werdet Wein daraus trinken!

Und alle, die Zeugen dieser sonderbaren Rede waren, berichteten später, Jesus wisse, Wasser in Wein zu verwandeln. Einige schlossen sich Jesus an, um ihn auf seinem Weg zu begleiten.

Ω

Als Jesus in die Nähe von Jericho kam, saß ein blindes Mädchen am Straßenrand und bettelte. Jesus schickte Maria zu ihr vor, um zu erfahren, warum dieses Mädchen so einsam und alleine ihre Hände aufhielt, um Almosen zu empfangen.

Maria setzte sich neben das Mädchen auf die Straße und sprach: Ich bin Maria von Magdala und ich begleite Jesus von Nazareth auf seinem Weg. Wie ist dein Name?

Ich heiße Tabea, antworte das Mädchen erschrocken über die direkte Ansprache. Wo sind deine Eltern? wollte Maria wissen und das Mädchen erzählte: Meine Eltern wurden von römischen Soldaten in einer Nacht vor vielen Tagen getötet, als diese einen Dieb ausfindig machen wollten und dabei das Haus verwechselten. Ich habe mich unter dem Bett versteckt und musste alles mitansehen. Als ich dann am nächsten Morgen unter dem Bett erwachte, konnte ich nichts mehr sehen – alles blieb dunkel.

Maria stand auf und erzählte Jesus die Geschichte des blinden Mädchens und sprach: Jesus, wenn du wirklich der Gesandte Gottes bist, dann lasse dieses Mädchen wieder sehen!

Jesus kniete vor dem Mädchen nieder, legte seine Hände auf ihre Augen und sprach: Habe keine Angst, ich bin Jesus von Nazareth. Ich bin das Licht der Welt! Wer an mich glaubt wird sehen und muss nicht in der Finsternis umherirren! Dann stand Jesus auf und sagte zu dem Mädchen: Öffne deine Augen und du sollst wieder sehen, denn dein Glaube hat dir geholfen!

Im gleichen Augenblick konnte sie wieder sehen. Maria lächelte voller Freude, nahm das Mädchen an der Hand und sie folgten gemeinsam Jesus. Tabea war von diesem Zeitpunkt an wie von Kindes statt angenommen, was später immer wieder zu Verwirrungen führen sollte, da manche Leute dachten, sie sei das leibliche Kind von Jesus und Maria.

Jesus erkannte sehr schnell, dass die Kraft zur Heilung im Innern eines jeden schlummerte – man musste nur an die Heilung glauben. So geschah es, dass ihm auf seinem weiteren Weg zum See Genezareth unzählige Leute, die von den verschiedensten Leiden wie Lähmung und Verwirrtheit gequält wurden, vorgeführt wurden und er diesen mit den Worten: Dein Glaube hat dir geholfen! Linderung verschaffen konnte.

Diese sonderbaren Begebenheiten führten aber dazu, dass die Leute Jesus von Nazareth für den wahren Messias - den Erlöser - hielten und ihn auch König der Juden riefen.

Alle Leute, die diese Wunder mit eigenen Augen gesehen hatten, lobten Gott und immer mehr schlossen sich Jesus an, um ihm zu folgen. Er aber suchte sich elf von

Ihnen aus – mit Maria waren es zwölf an der Zahl – und er sagte zu ihnen:

Ich habe ein Feuer auf die Welt geworfen, und siehe, ich hüte es, bis es lodert! Dieser Himmel wird vergehen und der über ihm wird vergehen. Die Toten leben nicht und die Lebendigen werden nicht sterben. In den Tagen, als ihr Totes gegessen habt, habt ihr es lebendig gemacht. Wenn ihr im Licht sein werdet, was werdet ihr dann tun? An dem Tag, an dem ihr es wurdet, wurdet ihr zwei. Wenn ihr aber zwei werdet, was werdet ihr dann tun? Darum denkt an die Worte des weisen Propheten:

Wir sind der Zweite aus Dreien! Der Erste kam aus dem Feuer, der Dritte geht in das Licht. Der Zweite im Zeichen der Schwäne, besitzt das zweite Gesicht. Ihm offenbart sich der Ferne klang, Ihm werden die Bilder zuteil!

Ω

Fortan zogen sie gemeinsam weiter. Die Gefährtin Jesu war aber Maria von Magdala und er liebte sie mehr als alle anderen Jünger und küsste sie oftmals auf ihren Mund. Die anderen Jünger waren gekränkt und sie sagten zu ihm: Warum liebst du sie mehr als uns alle?

Jesus antwortete mit einer Frage: Warum liebe ich euch nicht wie ich sie liebe?

Ω

Als sie sich dem See Genezareth näherten, schlug plötzlich das Wetter um und ein eisiger Wind fegte über das Land. Schon seit längerer Zeit kühlte die Luft immer wieder so weit ab, dass sich - begünstigt durch die warmen Salzwasserquellen im Nordwesten des Sees - sogar Eisschollen bilden konnten. Gleich nachdem sie am Ufer angekommen waren, drängte Jesus die Jünger in ein Boot zu steigen, um ans andere Seeufer vorauszufahren. Er wollte sich von der Menschenmenge, die ihnen gefolgt war, verabschieden und zog sich dann auf einen Berg zurück, um zu beten. Spät abends, als es bereits dunkel war, kam Maria zu ihm und sie sagte: Jesus, deine Jünger rufen nach dir, sie haben Angst, denn der eisige Sturm auf dem See wird immer heftiger und sie treiben auf dem offenen Wasser umher.

Jesus ging mit Maria zum Ufer zurück, sah das Boot und hörte die Jünger rufen: Jesus komm! Hilf uns, das Boot wird gleich kentern! Als Jesus dies sah, blickte er auf das Wasser und es schien, als würden tausende Diamanten im Mondlicht glitzern. Dann setzte er seinen rechten Fuß vorsichtig auf das Wasser und das Wasser schien ihn zu tragen. Als die Jünger ihn auf dem Wasser gehen sahen, erschraken sie und schrien vor Angst. Als er aber bei Ihnen im Boot war, warfen sie sich vor ihm nieder und sagten: Du bist wirklich der Sohn Gottes!

Ω

Am nächsten Morgen war der Sturm vorüber und Jesus, Tabea, Maria und den anderen Jünger kehrten zum Seeufer zurück. Es begab sich aber, dass sich die Menschenmenge zu Ihm drang, um das Wort Gottes aus seinem Munde zu hören, er aber vor dem großen Andrang des Volkes nicht Platz hatte am Ufer zu stehen und auf einen Hügel stieg. Dann begann er zu reden und lehrte sie:

Sorgt euch nicht um das Morgen, denn der morgige Tag wird für sich selbst sorgen. Jeder Tag hat genug eigene Plage. Verzweifelt nicht, wenn etwas nicht so geschieht, wie ihr es euch vorgestellt habt. Rückwirkend betrachtet seid ihr überrascht, wie geringe Bedeutung manche Dinge haben, für die ihr euer Leben opfern wolltet.

Ihr seid das Salz der Erde. Wenn das Salz seinen Geschmack verliert, womit kann man es wieder salzig machen? Es taugt zu nichts mehr, es wird weggeworfen und von den Leuten zertreten.

Ihr seid das Licht der Welt. Eine Stadt, die auf einem Berg liegt, kann nicht verborgen bleiben. Man zündet auch nicht ein Licht an und stülpt ein Gefäß darüber, sondern man stellt es auf den Leuchter, dann leuchtet es allen im Haus.

Hütet euch, eure Gerechtigkeit vor den Menschen zur Schau zu stellen, sonst habt ihr keinen Lohn von eurem Vater im Himmel zu erwarten. Wenn du Almosen gibst, lass es also nicht vor dir herposaunen, wie es die Heuchler in den Synagogen und auf den Gassen tun, um von den Leuten gelobt zu werden. Amen, das sage ich euch: Wenn du Almosen gibst, soll deine linke Hand nicht wissen, was deine rechte tut. Dein Almosen soll verborgen bleiben und dein Vater, der auch das Verborgene sieht, wird es dir vergelten.

Richtet nicht, damit ihr nicht gerichtet werdet! Denn wie ihr richtet, so werdet ihr gerichtet werden und nach dem Maß, mit dem ihr messt und zuteilt, wird euch zugeteilt werden. Warum siehst du den Splitter im Auge deines Bruders, aber den Balken in deinem Auge bemerkst du nicht? Wie kannst du zu deinem Bruder sagen: Lass mich den Splitter aus deinem Auge herausziehen! - und dabei steckt in deinem Auge ein Balken? Du Heuchler! Zieh zuerst den Balken aus deinem Auge, dann kannst du versuchen, den Splitter aus dem Auge deines Bruders herauszuziehen.

Alles Leid wird durch Begehren verursacht. Begehrt also nicht des Nachbarn Reichtum, Stellung oder Frau. Wahrlich ich sage euch: Schönheit ist Anmut ohne Begehren.

Ihr habt gehört, dass gesagt worden ist: Du sollst deinen Nächsten lieben und deinen Feind hassen. Ich aber sage euch: Liebt eure Feinde und betet für die, die euch verfolgen, denn der Herr lässt seine Sonne aufgehen über Bösen und Guten, und er lässt es regnen über Gerechte und Ungerechte. Manchmal habt ihr nämlich gewonnen, wenn ihr glaubt, verloren zu haben.

Glaubt niemanden, gleich wie bedeutend er auch sein mag.

Behandelt die Menschen also so, wie ihr selbst von ihnen behandelt werden wollt – das ist es, was das Gesetz und die Propheten fordern.

Als Jesus diese Rede beendet hatte, war die Menge sehr betroffen von seiner Lehre.

Ω

Am nächsten Morgen setzte sich Jesus unter einen großen Baum, der von unzähligen weißen Blüten geziert war. Er schrieb die Worte, die er an das Volk am See Genezareth gerichtet hatte, mit blauer Tinte in ein kleines Buch, das er immer mit sich führte. Nachdem die Worte niedergeschrieben waren, schlief er erschöpft ein und es begann in Strömen zu regnen. Die Buchstaben lösten sich auf und die Tinte rann in einen nahen See. Die Sonne hob dieses Wasser zu den Wolken empor und diese ließen es zärtlich auf den Baum tropfen, unter dem er immer noch schlief. Als Jesus am nächsten Morgen erwachte, erschrak er, als nur noch weiße Blätter im Buch vor ihm waren. Erst später, als er den Baum von weitem betrachtete, begriff er, dass seine Worte für alle Menschen durch die nun blauen Jacarandablüten sprechen würden.

Ω

Lazarus, Marias und Marthas Bruder, war krank. Er stammt aus dem Dorf Betanien, nur einige Stadien von Jerusalem entfernt.

Maria sprach: Jesus, mein Bruder Lazarus ist schwer krank und Martha lässt dich bitten, zu ihm zu kommen, um ihn zu heilen. Als Jesus das hörte, sagte er: Diese Krankheit ist sicher nicht todbringend! Und er blieb noch zwei Tage an dem Ort, wo er war. Dann sagte Jesus zu seinen Jüngern: Lasst uns wieder nach Judäa gehen! Unser Freund Lazarus ist krank und ich will ihn besuchen.

Als Jesus eine Tagesreise von Betanien entfernt war, erfuhr er, dass Lazarus bereits vor einigen Tagen gestorben war. Er war innerlich aufgewühlt und erschüttert über den unerwarteten Tod Lazarus' und sagte zu seinen Jüngern: Lasst mich alleine, denn ich will zu meinem Vater beten! So entfernten sich seine Begleiter und Jesus hoffte, Gott der Vater werde zu ihm sprechen, wie damals in jener Nacht in seiner Kammer. Aber er konnte keine Stimme hören.

Dann aber, es war schon dunkel geworden und Jesus war eingeschlafen, sprach eine Stimme zu ihm: Jesus! Höre! Lazarus ist nicht gestorben, er schläft nur. Das Gift eines Fisches hat ihn so tief einschlafen lassen, dass alle dachten, er sei gestorben und sie haben ihn in einer Höhle begraben. Gehe schnell hin und lasse den Stein wegrollen und du wirst sehen, dass Lazarus noch lebt.

Nachdem Jesus erwacht war, kehrte er umgehend zu seinen Jüngern zurück und sprach: Lasst uns weiterziehen, denn Gott hat mir befohlen, meinem Freund Lazarus zu helfen. Als Martha nun hörte, Jesus würde kommen, ging sie ihm entgegen und sagte zu ihm: Jesus, wenn du hier gewesen wärst, wäre mein Bruder nicht gestorben. Aber ich weiß, was immer du von Gott erbittest, wird Gott dir geben. Ich bin zum Glauben gekommen, dass du der Messias bist, der Erwählte Gottes, der in die Welt kommt!

Jesus fragte Martha: Wo habt ihr ihn hingelegt? Sie sagte: Komm und sieh! Und sie gingen gemeinsam mit Maria zum Grab. Es war eine Höhle und ein Stein lag vor ihr – so wie es ihm die Stimme in der Nacht vorhergesagt hatte. Jesus sagte: Hebt den Stein fort! Martha und Maria aber gaben zu bedenken, dass Lazarus bereits seit einigen Tagen verstorben war und die Verwesung bereits eingesetzt habe. Jesus aber entgegnete: Habe ich euch nicht gesagt: Wenn du glaubst, wirst du den Glanz Gottes sehen?

So hoben sie den Stein fort und Jesus stieg alleine in die Grabeshöhle hinab. Nachdem sich seine Augen an die Dunkelheit gewöhnt hatten, erblickte er Lazarus, abgedeckt mit einem weißen Grabtuch, auf einem Stein liegend. Er näherte sich vorsichtig Lazarus, berührte ihn an der rechten Schulter, schüttelte ihn leicht und sprach: Lazarus, erwache! Ich bin es, Jesus von Nazareth!

Aber Lazarus zeigte keine Reaktion. Jesus wollte gerade das weiße Leinentuch vom Kopf entfernen als er spürte, dass es feucht war. Er erschrak, denn die Feuchtigkeit des Tuches konnte nicht von der Höhle stammen - sie war zu trocken - es musste bedeuten, dass Lazarus noch atmete. Jetzt riss er das Tuch energisch weg und schüttelte Lazarus heftig: Lazarus! Erwache! Du weilst unter den Lebenden, nicht unter den Toten!

Und dann geschah tatsächlich das Unmögliche, so wie es Jesus in der Nacht prophezeit wurde: Lazarus öffnete seine Augen, sah Jesus überrascht an und fragte ihn: Was ist geschehen? Jesus erklärte voller Freude: Du warst eingeschlafen und ich habe dich aufgeweckt!

Danach verließen sie gemeinsam die Grabeshöhle und Jesus sprach zum Volk: Amen, ich sage euch: So wie mein Freund Lazarus wiedergekommen ist, werde ich drei Tage nach meinem Tod auferstehen, denn Gott ist nicht ein Gott der Toten, sondern der Lebenden! Und viele, die zu Maria und Martha gekommen waren und gesehen hatten, was er tat und sprach, glaubten an ihn. Aber einige von ihnen gingen zu den Pharisäern und erzählten ihnen, was Jesus getan hatte. Die Hohenpriester und Pharisäer beriefen nun eine Synhedriumsitzung ein und sagten:

Was sollen wir machen, da dieser Mensch viele Wunderzeichen tut? Wenn wir ihn einfach so gewähren lassen, werden alle an ihn glauben und die römische Staatsmacht wird kommen und uns den Ort und das Volk wegnehmen. Einer aber von ihnen, Kajaphas, der in jenem Jahr Hohenpriester war, sagte ihnen: Ihr wisst nichts und ihr versteht nicht, dass es für euch besser ist, dass ein Mensch für das Volk stirbt und nicht das ganze Volk zugrunde geht!

Seit jenem Tag nun stand ihr Beschluss fest, ihn zu töten und sie ordneten an: Wenn jemand den Aufenthaltsort Jesu wisse, so solle es mitgeteilt werden, damit sie ihn verhaften könnten. Diese Aufforderung erreichte auch das ferne Nazareth und Jesu Zwillingsbruder Didymus Thomas machte sich umgehend auf den Weg nach Süden, mit dem Ziel, Jesus außer Landes in das ferne Indien zu bringen, um sein Leben zu schützen.

Ω

Jesus zog sich zum Beten in die Wüste zurück und kam erst sechs Tage vor dem Paschafest wieder nach Betanien, wo Lazarus lebte. Trotz aller Warnungen machte er sich auf den Weg nach Jerusalem zum Paschafest. Als die große Menge, die Jesus seit Wochen begleitete, hörte, dass er zum Paschafest nach Jerusalem wollte, folgte sie ihm. Vor den Toren Jerusalems nahmen sie Zweige von Palmen und riefen beim Einzug in die Stadt: Hosanna, gepriesen, der da kommt im Namen des Herrn, nämlich der König Israels!

Die Menschen, die mit ihm waren, als er Lazarus aus dem Grab gerufen hatte, bezeugten dies beim glorreichen Einzug in Jerusalem. Da sagten die Pharisäer zueinander: Ihr seht, dass wir nichts ausrichten! Die Welt läuft ihm hinterher!

Aber das Volk rief laut: Jesus, sprich zu uns! Da sagte Jesus zur großen Menschenmenge: Die Zeit ist gekommen, dass der göttliche Glanz des Menschensohns sichtbar werde. Amen, ich sage euch: Das Weizenkorn muss in die Erde fallen und sterben, ansonsten bleibt es alleine. Wenn es aber stirbt, trägt es viele Früchte! Die mir dienen, sollen mir folgen und wo ich bin, dort werden auch die sein, die mir dienen. Nur noch kurze Zeit ist das Licht unter euch. Geht euren Weg, solange es hell ist, damit die Dunkelheit euch nicht überfällt! Aber alle, die in der Finsternis umhergehen, wissen nicht, wohin sie gehen. Haltet euch an das Licht, solange ihr es habt! Dann werdet ihr Menschen, die ganz vom Licht erfüllt sind! Als Jesus seine Rede beendet hatte, ging er fort und niemand konnte ihn mehr finden.

Ω

In jener Nacht vor dem Paschafest, in der das Unheil seinen Lauf nehmen sollte, durchquerten Jesus, Maria und die weiteren Jünger das Kidrontal und versammelten sich zu einem gemeinsamen Abendmahl im Garten Getsemani. Sie saßen auf Matten, die rings um einen niedrigen Tisch platziert waren. Jesus brach das Brot in Stücke und reichte es seinen Jüngern, dann nahm er einen Becher mit Wein und gab ihn im Kreis seiner Jünger umher, damit jeder davon koste.

Dann sprach er: Amen, ich sagen euch: So wie ich das Brot gebrochen habe und den Wein vergossen habe – Gleiches wird mit meinem Fleisch und meinem Blut geschehen! Die Jünger verstanden den Sinn seiner Worte aber nicht.

Am Tor des Gartens Getsemani erschienen zwei Männer, die den Jünger Philippus, der aus Betsaida in Galiläa stammte, herbeiriefen und zu ihm sagten: Herr, wir möchten gerne Jesus kennenlernen. Wie sollen wir ihn erkennen?

Philippus, der glaubte, dass es sich bei den Männern um Glaubensbrüder handelte und nicht ahnen konnte, dass sie Abgesandte des Obersten Priesters waren, mit dem Auftrag, Jesus zu verhaften, sprach: Brüder im Geiste unseres Herrn! Jesus erkennt ihr an dem zweigeteilten Bernsteinmedaillon, welches er am Hals trägt und das eine Sonne darstellt. Daraufhin verschwanden die zwei

Fremden lautlos im Dunkeln der Nacht, so wie sie gekommen waren.

Jesus aber sprach zu seinen Jüngern: Ich gehe nun zum Ölberg empor, um zu beten. Maria fragte ihn: Sollen wir dich nicht begleiten, denn du bist in großer Gefahr? Jesus aber entgegnete gelassen: Habt keine Angst! Betet hier zum Herrn, dass sich alles nach seinem Willen erfüllen möge! Dann verließ er den Garten Getsemani und ging alleine den dunklen Weg zum Ölberg hinauf.

Ω

Kaum dass Jesus aus dem Blickfeld seiner Jünger entschwunden war, zerrte ihn jemand gewaltsam an seinem rechten Arm hinter einen dicken Olivenbaum und hielt ihm den Mund zu. Habe keine Angst Jesus – ich bin es, dein Bruder Didymus Thomas. Ich bin hier, um dein Leben zu retten, denn es ist später als du denkst. Siehst du denn nicht: Es brennt bereits am Horizont! Der Hohenpriester von Jerusalem hat dein Todesurteil gesprochen und will dich heute Nacht verhaften lassen und den Römern ausliefern. Als Didymus dies gesagt hatte, ließ er Jesus wieder aus der Umklammerung los.

Jesus aber sagte zu Didymus: Erkennst du denn nicht: Ich bin der Messias, den Gott der Vater auf die Erde gesandt hat! Durch meinen Tod wird die Menschheit befreit werden und ich habe meinen Jüngern als Zeichen Gottes Allmacht versprochen, dass ich von den Toten wiederkommen werde – so wie Lazarus nach drei Tagen auferstanden ist!

Didymus schüttelte Jesus heftig und sprach: Jesus, du bist der Sohn des Zimmermanns Josef und der Maria aus Nazareth – so wie ich. Du bist nicht der Messias – sondern du bist einem religiösen Wahn erlegen, der dich das glauben lässt! Niemand kann von den Toten auferstehen, wenn er von den Römern gekreuzigt worden ist! Dein Geist ist verwirrt!

Jesus aber sprach: Didymus, du hast doch gesagt, dass du bei Buddha gelernt hast, keine Angst vor dem Tod zu haben. Siehe, ich habe auch keine Angst vor dem Tod mehr, da ich wiederkommen und zum Vater in den Himmel emporsteigen werde! Didymus erkannte, dass er Jesus nicht zur Vernunft bringen konnte und sprach: Jesus, weißt du warum ich aus Indien zurückgekehrt bin? Ich wollte Euch alle noch einmal sehen, bevor ich mein Leben Buddha anvertrauen und als Mönch in einem indischen Kloster leben werde. Komm' doch einfach mit mir. Dort gibt es eine große jüdische Gemeinde, in der du gemeinsam mit Maria und Tabea in Frieden leben könnt – ich will dich nicht verlieren!

Jesus erhob sich, nahm das Bernsteinmedaillon ab und legte es Didymus um den Hals: Dieses Amulett soll dich immer an mich erinnern, so wie ich es über dreißig Jahre in Gedanken an dich getragen habe - die Liebe existiert nämlich auch jenseits von Zeit und Raum, denn man kann nicht nur Lebende lieben und es ist auch unerheblich, ob man dabei am anderen Ende der Erde weilt. Dann sprach Jesus zu Didymus: Gehe jetzt zu den Anderen im Garten Getsemani. Ich will zu meinen Vater beten und werde gleich bei euch sein.

Ω

Jesus folgte Didymus nur kurze Zeit später und sah zwischen den silbern glänzenden Olivenbäumen hindurch, wie Didymus zu Maria und den Jüngern eilte, die aber auf ihren Matten eingeschlafen waren. Didymus hatte die Gruppe noch nicht erreicht, als ein dumpfes, monotones Stampfen, das sich immer mehr dem Tor zu nähern schien, alle plötzlich aus dem Schlaf riss und hellwach und verängstigt zum dunklen Toreingang des Gartens blicken ließ. Jesus wusste, dass dies nur die römischen Soldaten sein konnten, die der Hohenpriester geschickt hat, ihn zu verhaften.

Nach einem lauten Schrei, war es plötzlich ganz still – die Soldaten machten Halt und jener Mann, der Philippus nach Jesus gefragt hatte, schritt vor, zeigte auf Didymus Thomas, den Zwillingsbruder Jesu, und rief: Jesus von Nazareth! Im Auftrag des Hohenpriesters von Jerusalem wirst du festgenommen und zum Palast gebracht. Du bist der Gotteslästerung angeklagt!

Der Kommandant der römischen Soldaten aber fragte den Abgesandten des Hohenpriesters: Welcher dieser Männer ist denn Jesus von Nazareth? Der Abgesandte sprach: Du erkennst ihn an einem Bernsteinamulett, welches eine Sonne darstellt!

Didymus versuchte nicht einmal, den Irrtum aufzuklären und ließ sich widerstandslos von den römischen Soldaten festnehmen. Bevor er von den Soldaten durch das Tor geführt wurde, blickte er nochmals zum Ölberg zurück und konnte Jesus zwischen den Olivenbäumen für einen Augenblick erspähen, wie er hilflos und verzweifelt das Geschehen im Garten Getsemani mitverfolgen musste.

Ω

Nachdem die Soldaten Didymus abgeführt hatten und alle Jünger samt Maria voller Aufregung dem Tross folgten, kehrte im Garten Getsemani die Stille zurück. Etwas abseits des niedrigen Tisches, an dem Jesus mit seinen Jüngern noch vor kurzer Zeit ein Abendmahl feierte, tauchte die verbliebene Glut in der Feuerstelle den Garten in einen abendrötlichen Schimmer, gleich jenem Augenblick, an dem sich die Sonne jeden Abend am Horizont zum Sterben hinlegt. Jesus schritt vorsichtig aus dem dunklen Olivenhain und vergewisserte sich, dass niemand mehr im Garten weilte. Dann nahm er das weiße Leinentuch, welches den Tisch bedeckte, streifte es über seinen Kopf, so wie es üblicherweise nur die Frauen taten, und ließ es über seine Tunika in der Hoffnung herunterhängen, dass er auf dem Weg nach Hause nicht erkannt werde.

Es war niemand da, als Jesus unerkannt seine Unterkunft betrat. Alle waren den Soldaten zum Palast des Hohenpriesters gefolgt. Jetzt erst, als er sich vorläufig in Sicherheit wog, begriff Jesus, was geschehen war. Geläutert vom einschneidenden Erlebnis der irrtümlichen Verhaftung seines Zwillingsbruders Didymus Thomas erkannte Jesus, was er angerichtet hatte. Didymus hatte doch recht mit seiner Einschätzung, er sei nicht der Messias, sondern er sei nur verblendet in seinem Glauben. Denn wenn dem so wäre, dass er der Messias sei, dachte sich Jesus, dann hätte Gott, der Vater, diese Verwechslung nicht zulassen dürfen. Wie sollten sich denn nun alle Prophezeiungen erfüllen?

Jesus hatte nur noch ein Ziel: Er wollte seinen Bruder aus den Fängen der römischen Soldaten befreien. Wie er das angehen sollte, wusste er noch nicht. Jedenfalls musste er unerkannt bleiben, denn sonst würden beide vor Gericht gestellt, wenn die Verwechslung entdeckt würde. So schnitt sich Jesus eilig seine langen Haare ab und entfernte seinen Bart. Er war nicht wiederzuerkennen – mit dem kurzen Kopfhaar und dem bartlosen Gesicht glich er Didymus, als er vor einigen Jahren von Indien zurückkehrte. Anschließend folgte er dem Lärm der Menschenmenge, die den römischen Tross begleitete. Mittlerweile war die Menschenschar beim Palast des römischen Statthalters Pontius Pilatus angekommen.

Ω

Jesus versteckte sich in einem dunklen Hauseingang und fragte einen Mann aus der Menschenmenge: Was ist geschehen, worauf wartet ihr hier? Der angesprochene Mann erklärte: Jesus von Nazareth wurde verhaftet und nun Pontius Pilatus zur Verurteilung übergeben.

Jesus fragte erschrocken: Pontius Pilatus, dem römischen Statthalter? Wurde er nicht zum Hohenpriester gebracht, wo der Sanhedrin über ihn urteilen sollte? Ja, das stimmt, antwortete der Mann und erzählte weiter, aber als er dem Hohenpriester Annas und später

Kaiaphas vorgeführt wurde, schwieg er beharrlich zu all seinen Anklagepunkten.

Jesus fragte: Was wurde ihm denn vorgeworfen? Der Mann antwortete: Er soll behauptet haben, er könne den Tempel Gottes in zwei Tagen abbrechen und in drei Tagen wieder aufbauen. Nach weiteren Anschuldigungen, zu denen Jesus ebenfalls beharrlich schwieg, stand der Hohenpriester auf und fragte ihn: Antwortest du gar nichts auf diese Anschuldigungen? Ich beschwöre dich bei Gott, der Lebendigen, dass du uns sagst, ob du der Messias bist, der Sohn Gottes, der König der Juden!

Dann sagte Jesus: Es steht im Buche Genesis geschrieben: Gott schuf den Menschen nach seinem Abbilde! Kaiaphas unterbrach ihn und hörte aus dieser Antwort eine Bestätigung seiner Anklage heraus und fragte Jesus nochmals: Du bist also *der* Sohn Gottes? Jesus antwortete: Du sagst es, ich bin *ein* Sohn Gottes!

Da riss der Hohepriester sein Gewand ein mit dem Urteil: Das ist Gotteslästerung, wozu brauchen wir noch weitere Anklagen? Er ist des Todes schuldig! So übergaben sie Jesus Pontius Pilatus, dem römischen Präfekten und wir harren hier alle aus, um zu erfahren, wie sein Urteil ausfallen wird.

Jesus zog sich wieder verängstigt in den dunklen Hauseingang zurück, als sich plötzlich die riesige Türe hinter der Balustrade im ersten Stock des Palastes öffnete und Didymus, den alle für Jesus hielten, von zwei römischen Soldaten flankiert, gemeinsam mit dem römischen Statthalter Pontius Pilatus vor das Volk traten.

Pontius Pilatus widerstrebte es, sich in innerjüdische Konflikte einzumischen, aber er konnte zum Paschafest in Jerusalem keinen Aufstand des jüdischen Volkes riskieren. Zum Handeln zwang ihn vielmehr das ferne Rom, das auftrug, politischen Druck in Israel auszuüben. Hatte der Sanhedrin Jesus doch wegen Verrats an Rom vor Gericht gestellt – da sie behaupteten, Jesus nehme in Anspruch, König zu sein. Dies war eine direkte Herausforderung an den Kaiser. Um das aufgebrachte Volk zu beruhigen, verurteilte Pontius Pilatus ihn daher öffentlich nach römischem Recht als Aufständischen, der Rom bedrohte - und nicht, weil er behauptete, der Messias zu sein - zum Tode am Kreuz!

Jesus musste machtlos mitansehen, wie alles immer weiter aus dem Ruder lief und unbeherrschbar wurde. Es war unmöglich, Didymus aus dem römischen Gewahrsam zu befreien und die Vollstreckung des Urteils war bereits auf den nächsten Tag anberaumt worden. Völlig verzweifelt zog er sich zurück und versteckte sich.

Ω

So geschah es, dass der Zwillingsbruder Jesu, Didymus Thomas, irrtümlich von Pontius Pilatus zum Tode verurteilt und auf dem Platz, der Golgota heißt, gekreuzigt wurde. Pilatus ließ auch ein Schild anfertigen und oben am Kreuz befestigen. Die Inschrift lautete: Jesus von Nazareth, der König der Juden. Nachdem der Tod am Kreuz drei Stunden vor Sabbatbeginn ungewöhnlich rasch eintrat, wurde der Leichnam noch am selben Abend in einem Grab, das im Garten des Joseph von Arimanthäa aus dem Felsen geschlagen wurde, auf dessen Wunsch beigesetzt. Das Grab wurde mit einem schweren Stein versiegelt.

Da Jesus die Kreuzigung seines Bruders nicht verhindern konnte, wollte er dem Tod Didymus' dadurch Sinn verleihen, dass er das Volk glauben lassen wollte, Jesus sei nach drei Tagen von den Toten auferstanden, wodurch sich die Weissagungen der alten Propheten doch noch erfüllen sollten. Denn weder der Sanhedrin, der hohe Rat der Juden, noch der römische Statthalter wussten, dass sie nicht Jesus, sondern seinen Zwillingsbruder verurteilt und gekreuzigt hatten. Nur einer ahnte, dass nicht Jesus gekreuzigt wurde, Simon von Cyrene. Er wurde von römischen Soldaten gezwungen, das Kreuz Jesu einen kurzen Weg zu tragen und er erkannte, dass es nicht Jesus war, der da gekreuzigt werden sollte, sondern ein Anderer, der ihm nur ähnlich sah. Aber aus Angst vor den römischen Soldaten schwieg er.

$$\Omega$$

Schon am Abend des Todes hielt Jesus Ausschau, wo sich in der Nähe des Gartens des Joseph von Arimanthäa noch ein offenes Grab befindet, in welchem Didymus Thomas seine letzte Ruhestätte finden könnte. Jesus fand eine Felsengruft, die man nur durch einen schmalen Eingang betreten konnte. Innen war eine große Anzahl länglicher Einbuchtungen in den Felsen gehauen, in die man die Leichname legte. Hierhin wollte Jesus Didymus Thomas in der Nacht bringen.

Im Schutze der Dunkelheit schlich sich Jesus spätabends zum Grab im Garten des Joseph von Arimanthäa. Da nun der Sabbat anbrach, wusste er, dass sich die Juden an das mosaische Gesetz halten würden und an diesem Ruhetag niemand zur Grabstätte kommen würde, um die üblichen Vorbereitungen für das Begräbnis abzuschließen, nachdem der Leichnam wegen des Sabbats ohne weitere Zeremonien bestattet wurde. Aber am Morgen nach dem Sabbat - am dritten Tag also nach dem Tod am Kreuz - würden einige Frauen kommen, um den Leichnam zu waschen, ihn mit gutem Öl und Gewürzen zu salben und ihn in Tücher zu wickeln.

Schon beim ersten Versuch, den schweren Stein, der das Grab verschloss, wegzurollen, zog sich Jesus an den scharfen Granitkanten Schnittverletzungen an beiden Handflächen zu. Er verband seine Hände mit einem Stück Stoff, welches er von seiner Tunika abriss und er versuchte den Stein nun mittels eines langen Olivenastes auszuhebeln. Dies gelang ihm nur mühsam, denn er rutsche immer wieder ab, aber nachdem er sich auch an seinen Füßen verletzt hatte und blutete, konnte er nach geraumer Zeit den Stein tatsächlich wegrollen.

Jesus betrat mit einer schwach flackernden Öllampe ängstlich die Grabkammer. Es war ihm, als ob er sich wieder im Grab seines Freundes Lazarus befände und er nur sagen müsse: Steh auf, du schläfst nur! Aber der Anblick seines toten Zwillingsbruders Didymus Thomas erinnerte ihn an seine Worte auf dem Ölberg: Niemand kann von den Toten auferstehen, wenn er von den Römern gekreuzigt wurde!

Jesus legte seine rechte Hand auf die Stirn seines Bruders und sprach: Didymus, durch dein selbstloses Handeln hast du vor der Welt Zeugnis abgelegt, wozu Liebe fähig ist! Ich sorge dafür, dass die ganze Welt in Staunen versetzt wird. Jeder Mensch auf der Erde soll die Werke und Taten des Jesus von Nazareth für immer bewundern und somit soll der Glaube an deinen Tod und meine Auferstehung zum Inbegriff des ewigen Lebens für die Menschheit werden – so wie es die Propheten vorausgesagt hatten.

Dann nahm er das Bernsteinamulett von seinem toten Bruder ab und hängte es sich wieder um seinen Hals. Er hob ihn hoch, trug ihn in die nahegelegene Felsengruft, legte ihn in eine leere Felsnische und bedeckte Didymus Thomas mit einem weißen Leinentuch.

Niemand war Zeuge dieses Aktes. Jesus war sehr müde und er legte sich im Schuppen des Gärtners im Garten des Joseph von Arimanthäa zum Schlafen nieder, denn er wollte die ersten Menschen, die am Morgen zum Grab kommen sollten, überraschen. Aber es kam ganz anders, als sich Jesus das vorgestellt hatte.

Ω

Am ersten Tag nach dem Sabbat kam Maria Magdalena früh, als es noch dunkel war, alleine zum Grab und fand den Stein vom Eingang weggerollt. Sie blickte erschrocken in die Grabeshöhle und sah, dass sie leer war. Maria stand weinend draußen vor dem Grab. Sie blickte über ihre Schulter zurück und sah jemanden hinter sich stehen. Es war Jesus, aber sie erkannte ihn nicht mit den kurzen Haaren und ohne Barthaar.

Warum weinst du? fragte Jesus sie. Wen suchst du? Sie dachte, er sei der Gärtner. Herr, sagte sie, wenn du Jesus von Nazareth weggenommen hast, sag mir, wo du ihn hingebracht hast, dann gehe ich ihn holen.

Maria! sagte Jesus. Sie drehte sich zu ihm um und fragte ihn misstrauisch: Jesus? Bist du es wirklich, den ich da sehe?

Sie erblickte das von der Kreuzigung blutverschmierte Bernsteinmedaillon an seinem Hals, schaute auf die blutigen Hände und Füße und rief dann voller Freude: Jesus! Du bist wirklich von den Toten auferstanden! Verzeihe mir, dass ich an deinen Worten gezweifelt habe!

Jesus aber kam näher und sprach: Nicht ich, sondern mein Zwillingsbruder Didymus Thomas wurde von den Gefolgsleuten des Pontius Pilatus‘ irrtümlich verhaftet und gekreuzigt. Laufe aber jetzt zurück zu Simon Petrus und den anderen Jüngern und verkünde ihnen folgendes:

Ich habe das Grab am Morgen leer aufgefunden! Ich habe den lebendigen Jesus von Nazareth gesehen und mit ihm gesprochen!

Sie machte alles, so wie es ihr Jesus aufgetragen hatte, denn es war ja tatsächlich genau so geschehen. So eilten Simon Petrus und die anderen Jünger zum Grab und sahen, dass es leer war, aber Jesus war nicht mehr da.

Ω

Am selben Tag wanderten Kleopas und ein weiterer Jünger Jesu in ein Dorf, das von Jerusalem 60 Stadien entfernt war, namens Emmaus. Sie redeten miteinander über alle diese Ereignisse. Als sie so miteinander sprachen und alles hin und her überlegten, kam Jesus selbst hinzu und ging mit ihnen, aber sie erkannten ihn ebenfalls nicht.

Jesus fragte sie: Worüber redet ihr denn so erregt unterwegs? Da blieben sie niedergeschlagen stehen und derjenige, der Kleopas hieß, sagte: Du bist wohl der Einzige in Jerusalem, der nicht weiß, was dort in diesen Tagen geschehen ist?

Was denn? fragte Jesus. Das mit Jesus von Nazareth, sagten sie. Er war ein Prophet in Worten und Taten und hat vor Gott und dem ganzen Volk seine Macht erwiesen. Unsere Hohenpriester und die anderen Ratsmitglieder haben ihn zum Tod verurteilt und ihn ans Kreuz nageln lassen. Und wir hatten doch gehofft, er sei der erwartete Retter, der Messias, der Israel befreien soll!

Aber zu alledem ist heute auch schon der dritte Tag, seitdem dies geschehen ist! Und dann hat uns auch noch Maria Magdalena in Schrecken versetzt. Sie war heute früh zu seinem Grab gegangen und fand seinen Leichnam nicht mehr dort. Sie kam zurück und erzählte, sie hätte Jesus gesehen und er würde leben!

Einige von uns sind gleich zum Grab gelaufen und haben alles so gefunden, wie es Maria Magdalena erzählt hatte. Nur ihn selbst sahen sie nicht.

Da sagte Jesus zu ihnen: Was seid ihr doch schwer von Begriff! Warum rafft ihr euch nicht endlich auf zu glauben, was die Propheten gesagt haben? War es nicht notwendig, dass der Messias dies alles erleiden musste? Und Jesus erklärte ihnen die Worte, die sich auf ihn bezogen, von den Büchern Moses und der Propheten angefangen durch die ganzen Heiligen Schriften.

Inzwischen waren sie in die Nähe von Emmaus gekommen. Jesus tat so, als wollte er weitergehen. Aber sie ließen es nicht zu und sagten: Bleib doch bei uns! Es geht schon auf den Abend zu, gleich wird es dunkel! Da folgte er ihrer Einladung und blieb bei ihnen.

Als er dann mit ihnen zu Tisch saß, nahm er das Brot, sprach das Segensgebet darüber, brach es in Stücke und gab es ihnen. Da gingen ihnen die Augen auf und sie erkannten ihn. Aber im selben Augenblick verschwand er vor ihnen. Und sie machten sich sofort auf den Rückweg nach Jerusalem. Als sie dort ankamen, waren die übrigen Jünger versammelt.

Ω

Am späten Abend dieses ersten Tages nach dem Sabbat, als die Jünger nun vollständig hinter geschlossenen Türen saßen aus Angst vor der jüdischen Obrigkeit, da kam Jesus, trat in ihre Mitte und sagte zu ihnen: Friede sei mit euch! Als er das gesagt hatte, zeigte er ihnen seine Hände und Füße, die vom Wegrollen des Grabsteins blutige Krusten aufwiesen. Die Jünger aber glaubten, es seien Male der Kreuzigung. Freude erfüllte sie, als sie Jesus unter den Lebenden sahen. Jesus sprach weiter: Wie mich Gott gesandt hat, so sende ich euch. Und als er das gesagt hatte, blies er sie an und sagte ihnen: Nehmt die heilige Geistkraft auf! Gott hat mir unbeschränkte Vollmacht im Himmel und auf der Erde gegeben.

Darum geht nun zu allen Völkern der Welt und macht die Menschen zu meinen Jüngern und Jüngerinnen! Tauft sie im Namen des Vaters und des Sohnes und des Heiligen Geistes und lehrt sie, alles zu befolgen, was ich euch aufgetragen habe. Und das sollt ihr wissen: Ich bin alle Tage bei euch, bis Zeit und Welt vollendet sind!

Ω

Spät in der Nacht im Schutze der Dunkelheit besuchte Jesus Maria. Maria versperrte die Türe nicht, denn sie wusste, dass Jesus zu ihr kommen würde. Als er die Küche betrat, flackerte nur eine Öllampe auf dem Tisch und er konnte Maria nicht gleich entdecken. Sie flüsterte ihm zu: Jesus, sei ganz leise, Tabea schläft hier.

Jesus setze sich zu Maria und sie begann ganz aufgeregt zu berichten: Jesus, wir müssen flüchten, denn die Hohenpriester glauben, die Jünger hätten deinen Leichnam gestohlen, um das jüdische Volk glauben zu lassen, die heiligen Worte seien erfüllt worden. Sie lassen nach deinen Anhängern in ganz Jerusalem suchen und sie verhaften. Noch heute Nacht werden alle Jünger nach Galiläa aufbrechen, denn hier ist ihr Leben in Gefahr!

Jesus überlegte kurz und sprach dann: Maria, nimm Tabea und fliehe mit ihnen noch diese Nacht nach Galiläa. Wir werden uns in einigen Tagen am Ufer des Sees Genezareth treffen, dort wo ich einst meine Worte an das Volk gerichtet hatte. Ich muss dich jetzt verlassen, denn es ist zu gefährlich, wenn mich jemand entdecken sollte.

Dann verschwand er lautlos in der Morgendämmerung.

Ω

Simon Petrus, Thomas, Nathanael aus Kana in Galiläa, die beiden Söhne von Zebedäus und zwei andere Jünger waren nach der Flucht aus Jerusalem einige Tage später am See Genezareth zusammen gekommen. Simon Petrus sagte: Ich gehe jetzt fischen! Wir kommen mit, meinten die anderen. Sie gingen zum Ufer, stiegen ins Boot und fuhren los. Aber während der ganzen Nacht fingen sie keinen einzigen Fisch. Im Morgengrauen stand plötzlich Jesus am Ufer. Doch die Jünger erkannten ihn nicht.

Jesus rief ihnen zu: Freunde, habt ihr nicht ein paar Fische zu essen? Nein, antworteten sie. Da forderte er sie auf: Werft das Netz auf der rechten Seite des Bootes aus, dann werdet ihr einen guten Fang machen! Sie folgten seinem Rat und fingen so viele Fische, dass sie das Netz nicht mehr einholen konnten.

Jetzt sagte Maria Magdalena, die mit Tabea ebenfalls ans Ufer des Sees Genezareth gekommen war, zu Petrus: Das ist Jesus von Nazareth! Kaum hatte Simon Petrus das gehört, zog er sein Obergewand an, das er während der Arbeit abgelegt hatte, sprang ins Wasser und schwamm an das nahe Ufer.

Die anderen Jünger waren noch weit vom Ufer entfernt. Sie folgten Petrus mit dem Boot und zogen das gefüllte Netz hinter sich her. Als sie aus dem Boot stiegen, sahen sie ein Kohlenfeuer. Auch Brot lag bereit. Jesus bat die Jünger: Bringt ein paar von den Fischen her, die ihr gerade gefangen habt!

Simon Petrus ging zum Boot und zog das übervolle Netz an Land. Kommt her und esst! sagte Jesus. Keiner von den Jüngern wagte zu fragen: Wer bist du? Aber sie alle wussten: Es ist der Messias, der von den Toten auferstanden war. Jesus ging auf sie zu, nahm das Brot und verteilte es an sie, ebenso die Fische. Jetzt erkannten sie ihn.

Dies war das dritte Mal, dass Jesus sich seinen Jüngern zeigte, nachdem sie glaubten, er sei von den Toten auferstanden. Danach verließ er mit Maria und Tabea die Jünger und sie sollten ihn nie wieder zu Gesicht bekommen. Jesus sagte zu Maria: Wir müssen Israel verlassen! Ich bin im Schutze der großen Karawane, die sich jedes Jahr nach Indien aufmacht, vor einigen Tagen aus Jerusalem bis nach Nazareth geflohen und dann zum See Genezareth nach Tiberia gekommen. Die Karawane ist bereits weitergezogen, aber wenn wir gleich aufbrechen, können wir sie in Damaskus einholen. Dort macht sie für zwei Tage Station.

So gingen sie nach Magdala, das nur 40 Stadien von Tiberia entfernt ist, packten in Marias Elternhaus die notwendigsten Sachen und folgten dem Weg der Karawane Richtung Damaskus.

Ω

Saulus verfolgte noch immer voller Hass alle, die an den Messias glaubten, und drohte ihnen an, sie hinrichten zu lassen. Er ging zum Hohenpriester und ließ sich von ihm Empfehlungsschreiben für die jüdische Gemeinde in Damaskus mitgeben. Sie ermächtigten ihn, auch dort die Anhänger der neuen Lehre aufzuspüren und sie – ganz gleich ob Männer oder Frauen – als Gefangene nach Jerusalem zu bringen.

Jesus, Maria und Tabea waren ebenfalls auf dem Weg nach Damaskus, um die Karawane nach Indien zu erreichen. Kurz vor der Stadt hielt Maria wie versteinert inne und flüstere Jesus zu: Ist das vor uns nicht Saulus mit seinen Gefolgsleuten? Er hat vom Hohenpriester in Jerusalem den Auftrag, nach Anhängern von dir zu suchen und sie zu verhaften! Jesus konnte Marias Vermutung nur bestätigen und sagte: Zweige hier von der Hauptstraße ab und folge diesem Feldweg, er führt ebenfalls in die Stadt Damaskus. Wir treffen uns dort, wo die Karawane Station macht. Ich muss Saulus dazu bringen, umzudrehen und nach Jerusalem zurück zu kehren. Dann ging er schnellen Schrittes auf Saulus zu.

Kurz bevor er ihn einholte rief Jesus: Saul, Saul, warum verfolgst du mich? Saulus drehte sich verängstigt um und fragte: Wer bist du, Herr? Ich bin Jesus, den du verfolgst! antwortete Jesus. Saulus stürzte vor Schrecken vor Jesus auf den Boden und sprach: Welches Unrecht habe ich nur begangen? Gott, der Vater selbst hat mir nun seinen wahren Willen direkt und unvermittelt mit der Erscheinung des lebendigen Jesus offenbart!

Jesus sagte zu ihm: Saulus, steh auf! Kehre zurück nach Jerusalem, lasse dich Taufen im Namen des Herrn und schließe dich meiner Gemeinde an! Du sollst dich fortan Paulus nennen und als Apostel für die Völker wirken.

Paulus erhob sich und fragte: Jesus, wohin gehst du? Jesus war auf diese Frage nicht vorbereitet und antwortete spontan: Ich gehe in die Sonnenstadt und meinte damit Suridschanagar in Nordindien! In die Sonnenstadt? fragte Paulus verwirrt, blickte auf das Sonnenbernsteinamulett, überlegte kurz und gab sich selbst die Antwort: Jesus, ich verstehe deine Worte – die Stadt in der Sonne ist eine Umschreibung für den Himmel! Du fährst in den Himmel auf, so wie es die Propheten vorausgesagt hatten! Jesus stimmte schweigend zu.

So ging jeder seines Weges: Saulus kehrte um, ging zurück nach Jerusalem, nannte sich von nun an Paulus und verkündete fortan die rettende Botschaft Jesu – Jesus erreichte nach kurzer Zeit Damaskus und schloss sich mit Maria und Tabea der großen Karawane nach Indien an.

Vierzig Jahre später

In tiefer, dunkler Nacht entzündete Jesus von Nazareth ein Licht. Er glaubte, den typischen Gang seines Bruders Didymus Thomas an den Schritten im Kies des Vorgartens zu erkennen. Aber es rührte sich nichts und so ging Jesus zur Türe, um nachzuschauen, wo sein Bruder blieb. Er musste sich getäuscht haben, denn es befand sich niemand vor dem Haus, aber als der die Türe wieder schließen wollte, entdeckte er eine kleine Holzkiste am Rand des Türstocks, aus welcher einige Papyrusrollen herausstanden. Er nahm die Holzkiste mit, stellte die große Laterne auf den Esstisch und begann die Schriften im flackernden Licht der Öllampe zu lesen. Jesus war so vertieft, dass er nicht bemerkte, dass die ersten Sonnenstrahlen bereits den Raum erhellten und sich Maria von hinten näherte.

Was liest du da Jesus? fragte sie interessiert und schaute ihm über die Schulter.

Stell dir vor, heute Nacht hat mein Bruder Didymus eine Kiste mit diesen Papyrusrollen vor die Türe gestellt. Es ist unglaublich, was da geschrieben steht, fuhr Jesus aufgeregt fort. Ein Schreiber aus Rom, der sich Matthäus nennt, erzählt hier Geschichten über mein Leben von der Geburt bis zum Tod am Kreuz und von der Auferstehung, aber er ahnt nicht, was sich damals tatsächlich zugetragen hatte.

Maria umarmte Jesus mit großer Sorge und sprach: Jesus, du weißt, dass dein Zwillingsbruder Didymus Thomas vor über vierzig Jahren von den Gefolgsleuten des Pontius Pilatus irrtümlich gekreuzigt wurde und dass wir dann aus Israel flüchten mussten. Er kann in der Nacht keine Holzkiste vor die Türe gestellt haben. Ich weiß, dass er dich fast jede Nacht in deinen Träumen besucht, aber du musst endlich die wahre Geschichte erzählen, damit du wieder Ruhe finden kannst.

Maria löste sich aus der Umarmung, holte einige leere Papyrusblätter und eine Feder aus einem Schrank und legte die Schreibutensilien auf den großen Tisch.

So schrieb Jesus von Nazareth in den folgenden Tagen die wahre Geschichte seines Lebens nieder, aber es sollten noch fast zweitausend Jahre vergehen, bis diese Worte jene erreichten, für die sie geschrieben wurden – nämlich diejenigen, die einem der größten Irrtümer der Weltgeschichte aufgesessen sind – mit ungeahnten Folgen.

Ω

In tiefer, dunkler Nacht entzündete Jesus von Nazareth ein Licht …

Epilog

Jetzt bleibt noch eine letzte Frage zu klären. Was würde vom Christentum übrig bleiben, wenn ihr vermeintlicher Gründer nicht mehr als eine Romanfigur gewesen wäre? Diese Frage ist schnell beantwortet, denn es ist unerheblich, ob dieser Jesus wirklich gelebt hat, denn das Christentum hat seit zweitausend Jahren bewiesen, dass es auch ohne - mit Sicherheit nachgewiesenem - historischen Jesus gut gegangen ist.

Nicht die historische Wahrheit, sondern die subjektive, mystische Wahrheit zählt - die persönliche Erfahrung im Glauben. Das Gleichnis vom verlorenen Sohn hängt nicht davon ab, ob diese Geschichte wirklich passiert ist und ob diese Personen je gelebt haben oder die Leidensgeschichte Jesu fasziniert die Menschheit seit Jahrtausenden als Symbol des Menschseins und es ist für den Gläubigen nicht von Bedeutung, ob diese Ereignisse tatsächlich historisch vor zweitausend Jahren genauso stattgefunden haben, denn sogar in der Bibel werden verschiedene Versionen dieser Geschehnisse präsentiert.

Irgendwann begann ich, Geschichten zu erzählen – zuerst über die Liebe und den Tod, dann über die Hoffnung und zuletzt über den Glauben. Mit diesem Buch konnte ich somit die Trilogie über die göttlichen Tugenden *Glaube, Liebe, Hoffnung* Dank meiner Tochter doch noch mit der Überzeugung abschließen, beim Leser damit keine Glaubenskrise auszulösen, weil dieses Buch die Geschichte des historischen Jesus erzählt und nicht die des Jesus, den alle aus der Bibel zu kennen glauben. Nach drei Büchern bleibt die bescheidene Hoffnung, beim Leser feine Spuren in der Erinnerung zu hinterlassen.

André Heller war mir dabei immer ein treuer Wegbegleiter. Durch *Miramare* lernte ich in frühen Jahren Italo Svevo und Joseph Roth kennen, im *Schattentaucher* erkannte ich, dass Frauen sinkende Schiffe und wir ihre Kapitäne sind und beim Lied *Mir träumte* holte ich mir die Inspiration für die Idee und den Titel dieser Geschichte.

Kürzlich wollte ich einmal nachschauen, was mein Jugendschwarm aus dem Märchenfilm Cinderella 1987, Bonni Lory Bianco, heute so macht und ich las auf ihrer Homepage folgende Worte der Begrüßung:

Hi I'm Lory und I love Jesus, and He has saved my life …

Sie hat sich voll und ganz Jesus verschrieben und zu meinem Erstaunen wirkt sie dabei noch richtig glücklich.

Es gibt schlimmere Nachrichten.

Die sieben Raben,

      es waren nur sechs.

Die gute Fee,

      es war a Hex.

Der böse Wolf,

      a klaner Dackl.

Der Märchenprinz,

      a schiacher Lackl.

(Ludwig Hirsch, Dunkelgraue Lieder)

Literaturverzeichnis/Quellenangaben

Frontispiz

Krishnamurti, Jiddu: *Die Wahrheit ist ein pfadloses Land.* Grafing: Aquamarin Verlag, 2001

Buchtitel/Einleitungszitat

Heller, Andre: *Ruf und Echo.* [Audio CD-Box]. Wien: Amadeo, 2003. Disk 3, Track 1: Mir träumte.

Prolog

Gershwin, Ira: *It ain't necessarily so, 1935.* zit.n. C. Davis, Kenneth: *Was dachte sich Gott, als er den Menschen erschuf? Alles, was Sie über die Bibel wissen sollten, aber nie erfahren haben.* Bergisch Gladbach: Lübbe GmbH & Co.KG, 2000, S. 10

vgl. o.V.: Athanasius (295-373): *Ein Bruchstück aus dem neununddreißigsten Festbriefe des heil. Athanasius.* In: Bibliothek der Kirchenväter. online unter: http://www.unifr.ch/bkv/ kapitel5244.htm

vgl. Detering, Hermann: *Falsche Zeugen. Außerchristliche Jesuszeugnisse auf dem Prüfstand.* Aschaffenburg: Alibri Verlag, 2011, S. 17 ff

Bauer, Martin: *Neue Zweifel an der historischen Existenz Jesu. Interview mit Hermann Detering.* Humanistischer Pressedienst. online unter: https://hpd.de/node/ 12044/seite/0/1, 30.9.2011

o.V.: *Dritter Platz für Charly Chaplin.* Online unter:

https://www.20min.ch/wissen/dossier/hirnstoff/story /25079331; 29.03.2010, 13:22

o.V.: *Der Kreuztod Jesu in koranischer Sicht.* Online unter: http://derprophet.info/inhalt/der-kreuztod-htm/, 9.4.2012

Text

Bail, Ulrike ua (Hg.): *Bibel in gerechter Sprache.* Gütersloh: Gütersloher Verlagshaus, 2006

o.V. *Die gute Nachricht Bibel, NT68.* online unter: https://www.die-bibel.de/bibeln/online-bibeln/gute-nachricht-bibel/bibeltext/, 2019

Pagels, Elaine: *Versuchung durch Erkenntnis. Die gnostischen Evangelien.* Suhrkamp Taschenbuch, 1. Auflage, 1987

Ceming, Katharina/Werlitz, Jürgen: *Die verbotenen Evangelien. Apokryphe Schriften.* Wiesenbaden: Marisverlag, 6. Auflage, 2016

Ranke-Heinemann, Uta: *Nein und Amen. Mein Abschied vom traditionellen Christentum.* Hamburg: Hoffmann und Campe Verlag, 10. Auflage, 2014

Detering, Hermann: *Der gefälschte Paulus. Das Urchristentum im Zwielicht.* Düsseldorf: Patmos Verlag, 1995

Detering, Hermann: *O du lieber Augustin. Falsche Bekenntnisse.* Aschaffenburg: Alibri Verlag, 2015

Deschner, Karlheinz. *Der gefälschte Glaube. Eine kritische Betrachtung kirchlicher Lehren und ihrer historischen Hintergründe.* München: Knesebeck GmbH & Co. KG, 2004

Rüve, Gerlind: *Scheintod: Zur kulturellen Bedeutung der Schwelle zwischen Leben und Tod um 1800 (Science Studies).* Transcript Verlag, Bielefeld, 2008, S. 73 ff (auch Zitat von Bonaventura aus dem Hexaemeron)

ZDFmediathek: *Der Fall Jesus: Jesus in Indien, Terra-X Folge 81*, online unter: https://www.zdf.de/terra-x/jesus-in-indien-5221786.html, 9.6.2016

o.V. *Yuz Asaf.* In Wikipedia, die freie Enzykolpädie. Bearbeitungsstand: 9.6.2016, online unter: https://de.wikipedia.org/wiki/Yuz_Asaf

o.V. *Jesus und Buddha.* online unter: http://www.gym-hartberg.ac.at/schule/images/stories/Religion/ themen_matura/06_Buddha_Jesus.pdf, 16.6.2017

Zeitschrift "Der Theologe", Hrsg. Dieter Potzel, Ausgabe Nr. 79, *Christus und Buddha: Gemeinsamkeiten und Unterschiede,* Wertheim 1998, zit. nach *https://www.theologe.de/christus_und_buddha.htm,* Fassung vom 31.12.2016;

o.V. *Auferstehung Jesu Christi.* In Wikipedia, die freie Enzykolpädie. Bearbeitungsstand: 24.5.2016, online unter: https://de.wikipedia.org/wiki/Auferstehung_Jesu_Christi

Epilog

Deschner, Karlheinz. *Der gefälschte Glaube. Eine kritische Betrachtung kirchlicher Lehren und ihrer historischen Hintergründe.* München: Knesebeck GmbH & Co. Verlags KG, 2004, Seite 97

vgl. Detering, Hermann: *Falsche Zeugen. Außerchristliche Jesuszeugnisse auf dem Prüfstand.* Aschaffenburg: Alibri Verlag, 2011, S. 183 ff

Heller, Andre: *Ruf und Echo*. [Audio CD-Box]. Wien: Amadeo (Universal), 2003. Disk 3, Track 1: Mir träumte, Track 5: Miramare

Heller, Andre: *Schattentaucher*. Wien: Donauland Kremayr & Scheriau, 1987

o.V. *Lorybianco's SoundClick page*. online unter:

https://www.soundclick.com/members4/default.cfm? memberID=4168873, 16.6.2019

Hirsch, Ludwig: *Dunkelgraue Lieder*. [Audio CD].Wien: Universal Music GmbH, 1987. Track 1: Die Omama